小学館文庫

付添い屋・六平太

朱雀の巻　恋娘

金子成人

小学館

目次

付添い屋・六平太

朱雀の巻　恋娘

第一話　福の紙

一

江戸に〈むくどり〉がやってくる季節になった。

北国の椋鳥《むくどり》は寒い時期になると、暖かい南へ移動するという。秋月六平太《あきづきろっぺいた》が住む浅草元鳥越《もととりごえ》でも、その姿はちらほら見かけられた。

同じ頃、田舎から稼ぎに出て来る者を、江戸の者はあざけりを交えて〈むくどり〉と呼んでいた。

文政十二年（一八二九）のこの年、江戸は三月、四月も立て続けに火事に見舞われた。ことに三月の火事の被害は甚大で、幕府はお救い小屋を設け、被災者に金銭を配る一方、この機に暴利を貪《むさぼ》ろうとする商人に監視の目を向けた。

同じ三月、伊勢《いせ》で起きた火事では伊勢神宮の一部が類焼するという出来ごともあって、この年の先行きに不吉を覚えた者が少なからずいたようだ。

だが、その後はたいした災害も無く月日は流れ、江戸はすでに十月の半ばを過ぎた。初霜月ともいわれるのももっともで、日ごとに寒さがつのり、そろそろ雪も降ろうかという時期でもあった。

秋月六平太は、寒さのゆるんだ日の夕刻、日本橋の通りをゆったりと歩いていた。

少し前を行く、六十をとうに越した、姉妹だという老婆二人に歩調を合わせていた。

老婆の親戚《しんせき》にあたる者の三回忌法要のお斎《とき》があるという。

仏具商を営む老婆たちの甥《おい》が足の衰えを気遣って、六平太に付添いを依頼したのだ。

行き先は日本橋の料理屋『芋源《いもげん》』である。

西日に染まった表通りに、幾組かの男たちの姿があった。

装《な》りからして、日本橋界隈《かいわい》のお店者《たなもの》でも、江戸者でもない。

江戸案内の細見《さいけん》を片手に、旅装の男たちが四、五人、田舎の言葉をまき散らしながら六平太の横を通り過ぎた。

稲刈りを終えた農民たちが、近郷はおろか遠国からも江戸見物におしかける時節でもあった。


料理屋『芋源』は日本橋本町の小路《こうじ》を東に入ったところにあった。

老婆二人を料理屋の女中に引き渡すと、

「お供の方は、お部屋がございますので」

六平太は、下足番に案内されて玄関近くの供部屋に通された。

老婆二人を本郷《ほんごう》まで送り届ける帰りの付添いまで、少なくとも一刻（約二時間）は待つことになる。

夕刻七つ（四時頃）から五つ（八時頃）までの付添いで一分（約二万五千円）の実入りはありがたい。

「おいでなさいまし」
十四、五の小女《こおんな》が部屋に入って来て茶を置いた。
「お食事はいつごろお持ちしましょうか」

「そうだな」

六平太は窓一つない部屋を見回した。

「おれは外で済ますよ」

六平太がいうと、小女が不思議そうに小首を傾《かし》げた。

一人で食べるのは考えただけで味気ない。

こんな部屋に一刻も押し込められるのも気づまりだった。

「近くの、堀留《ほりどめ》か小舟町《こぶなちょう》あたりの居酒屋の方が気が楽でな」

「あぁ」

小女が得心したように頷《うなず》いた。

町の寄席が開いていれば、時間潰《つぶ》しも出来る。

茶を一口啜《すす》ると、六平太は腰を上げた。

小女の後ろについて下足預けにさしかかると、玄関で客を迎える年増女の声がした。

六平太が玄関の手前で止まってそっと覗《のぞ》くと、三和土《たたき》に立った二人の武家が見えた。

横顔を見せている一人は、まぎれもなく、十河《そごう》藩の江戸留守居役、小松新左衛門《こまつしんざえもん》だった。

その脇《わき》に付き従っていたのは、江戸屋敷徒頭《かちがしら》の岩間孫太夫《いわままごだゆう》である。

廊下の陰に身を寄せた六平太を、小女が訝《いぶか》しそうに見ている。

六平太が唇に指を立てると、小女は頷いて玄関の手前で待った。

「これはこれは、お待ち申しておりました」

奥から玄関に出てきた男がしきりに揉《も》み手をして、小松新左衛門を迎えた。

年は四十半ばだろう。紺の着物に鼠色《ねずみいろ》の羽織姿からすると、一見商家の主《あるじ》とも思われる。

「ささ、お上がり下さいませ」

揉み手の男に促されて、小松と岩間が上がった。

「お前、そこでなにをしているんだい」

女将《おかみ》と思《おぼ》しき年増女が、廊下の角に突っ立っている小女を見咎《みとが》めた。

「こちらの方が、外に行くと仰《おつしや》るので」

六平太が仕方なく玄関に進み出ると、

「おぬしは」

六平太に気付いた岩間が、くぐもった声を出した。

階段を上がりかけた小松新左衛門も振り向くと、眉間《みけん》に皺《しわ》を寄せた。

「どうかお先に」

岩間に促されて、小松新左衛門と揉み手の男は、年増女の先導で階段を上がった。

小女を去らせた岩間が、険しい顔つきで六平太に近づいた。

「ここへは飛驒屋《ひだや》の付添いか」

十河藩に出入りする、木場の材木商『飛驒屋』のことである。

「飛驒屋が来ているると、なにか困ることでもあるのか？」

少し皮肉を込めた。

岩間の眼《め》が鋭く六平太を見据えていた。

十河藩は、徳川家ゆかりの三河国宝徳寺《みかわのくにほうとくじ》の改修工事を命じられていた。

藩にすれば当然、出入りの『飛驒屋』に木材の調達を依頼したのだが、思わぬ事態に直面していた。

借金返済もままならない十河藩の財政事情に、『飛驒屋』が難色を示したのである。

『飛驒屋』の主山左衛門《さんざえもん》によれば、十河藩は『飛驒屋』の出入りを差しとめて、他の材木商に替えるつもりらしい。

「心配するな。本郷の婆さん二人の付添いだよ」

六平太は口の端に笑みを湛《たた》えて返事したが、岩間の眼は依然鋭い。

「料理屋の飯はおれの口に合わねぇんで。じゃ」

六平太は、岩間の視線を背中に感じながら、玄関を出た。

『芋源』を出た六平太は、角を二つ三つ曲がって、堀沿いの道に出た。

提灯《ちようちん》を下げた居酒屋が二軒、目に入った。

「秋月さんじゃありませんか」

六平太が一軒の居酒屋を覗いた時、後ろから声がかかった。

北町奉行所の同心矢島新九郎《やじましんくろう》が目明かしの藤蔵《とうぞう》を伴って、笑顔で近づいて来た。

「今頃、二人揃《そろ》って何ごとだい」

「二十日は、この先の宝田神社のえびす講でして」

藤蔵が答えた。

「人出で混み合いますんで、毎年、日本橋界隈の御用聞きや手先を総動員して警護にあたります」

「奉行所からも人を出しますし、どこにどう人を置くか、その手配りですよ」

新九郎が言い添えた。

宝田神社は、七福神の一人恵比寿《えびす》様が祀《まつ》られている。

えびす講は商売繁盛を祈願する行事だ。

商人の町、日本橋だけに、えびす講に寄せる思いは熱い。

「しかし、神無月《かんなづき》だぜ。恵比寿さんは留守じゃねぇのかい」

六平太がいうと、新九郎と藤蔵が思わず小首を傾げた。

十月は、八百万《やおよろず》の神様が出雲《いずも》に集まるので、出雲国の他は神無月と言われる。

「今まで気にしてませんでしたが、秋月さんの御意見ももっともですね」

新九郎が感心したように言った。

「ですが、えびす講は毎年のこの月ですからねぇ」

呻《うめ》くように言って、藤蔵がしきりに首を捻《ひね》った。

「てことは、わたしら、恵比寿様のいねぇときに願をかけてたってことになりますねえ」

藤蔵が眉《まゆ》をしかめてため息をついた。

「ま、あれだ、恵比寿様だけは江戸に残るのかもしれねぇよ」

六平太は藤蔵に慰めの言葉をかけ、新九郎に軽く手を上げると居酒屋を目指した。

二

夜明け前とはいえ、浅草元鳥越はまだ闇《やみ》に包まれていた。

身支度を整えた六平太が自分の部屋を出ると、廊下は真っ暗だ。

閉め切られた雨戸の隙間《すきま》から差し込む光もなかった。

「兄上、おはようございます」

居間に行くと、朝餉《あさげ》を箱膳《はこぜん》に並べ終えた妹の佐和《さわ》が笑みを向けた。

「支度したのか」

「ええ。半刻《はんとき》（約一時間）早く起きるだけですから」

昨夜、朝餉は冷や飯の湯漬でいいと言っておいたのだが、箱膳の白飯と味噌汁《みそしる》の椀《わん》からは湯気が立っていた。

朝餉を大方食べ終わる頃、明六つ（午前六時頃）の鐘の音が届いた。

六平太が格子戸を開けて家を出ると、まだ暗い小路の奥から人影が現れた。

「お、秋月さん早いね」

大工の道具箱を肩に担いだ市兵衛店《いちべえだな》の住人、留吉《とめきち》が白い息を吐いた。

「これから板橋でな」

「板橋はなんだい」

「上州《じようしゆう》から江戸見物に来た百姓の付添いだよ」

「上州下《くんだ》りから、なんとも豪勢だね」

「頼母子講《たのもしこう》のご利益《りやく》さ」

赤坂の普請場に行くという留吉と鳥越明神《とりごえみようじん》の角で別れた六平太は、湯島の方へ足を向けた。


板橋は中山道《なかせんどう》の最初の宿場である。

道の両側に、昇ったばかりの朝日を浴びた多くの旅籠《はたご》や茶店が軒を連ねていた。

神田の口入れ屋『もみじ庵《あん》』から、上州から来た百姓三人が泊まっている旅籠は板橋中宿《なかしゆく》の『平井屋《ひらいや》』だと聞いていた。

「上州蓑里村《みのさとむら》の民治《たみじ》さんが泊まってるはずだが」

石神井川《しやくじいがわ》近くの旅籠で、六平太が声をかけると、

「付添い屋さんですな。みなさんお待ちかねですよ」

番頭は心得ていて、若い女中を二階に走らせた。

番頭に勧められて、土間の端の框《かまち》に腰掛けると、往来を行く人の足が暖簾《のれん》の下に見えた。

人の足に混じって馬の脚ものんびりと通り過ぎた。

階段を踏む足音がして、女中に続いて三人の男たちが下りてきた。

「もみじ庵から来た秋月だが」

付添い屋が浪人だということを聞いていなかったのか、三人の百姓がおどおどと頭を下げた。

「お三人のまとめ役はどちらかね」

「まとめ役というか、一番年かさがわたしですので、ひとつよろしゅう。あ、民治と言います」

民治と名乗った男は体格ががっしりとして、年は三十半ばを越しているようだ。

「わたしは又平《またへい》です」

民治より二つ三つ若そうな小太りの男が、人のよさそうな笑みを浮かべた。

「和助《わすけ》です」
二十七、八の細身の男は、六平太に誠実そうな眼を向けた。
民治と又平の顔や首は日に焼けて色黒だが、和助はそれほど黒くはなかった。

挨拶《あいさつ》を済ませると、三人の男たちはいそいそと草鞋《わらじ》を履いた。


普段から野良仕事にいそしんでいるせいか、民治たち三人の足腰は逞《たくま》しい。

付添いで歩き馴れている六平太も、三人の足の早さには閉口する。

「おい、もう少しゆるりと行こうぜ」

六平太が弱音を吐いた。

道々聞いたところによれば、三人が板橋に着いたのは昨日の十七日だという。

以前、江戸見物に出掛けた民治の知人が泊まった旅籠が『平井屋』だった。

口入れ屋『もみじ庵』への付添い依頼は、『平井屋』からだった。

「江戸に行ったら案内人を雇った方がいい」と知人から聞いた民治が、前もって頼んでいたという。

十八日の今日、そして明日明後日《あさって》と江戸見物をして、二十一日早朝、上州へ発《た》つというのが三人の日程だった。

「今日は浅草寺《せんそうじ》に行きたいんですが」

民治の申し出を受けて、六平太は三人を引きつれて浅草へと向かった。

付添い稼業を七年も続けていれば、江戸見物に来た者が行きたい場所は六平太も心得ていた。

深川八幡《ふかがわはちまん》、愛宕山《あたごやま》、浅草寺あたりが好まれる。

だいぶ日が昇った五つ半（九時頃）、浅草寺の参道に着いた。

寺領五百石というだけあって境内は広大で、その周辺には料理屋など食べ物屋がひしめき、祭りの日でもないのにいつも賑《にぎ》わっている。

真ん中に大きな提灯を吊《つ》るした門は、右手に風神、左手に雷神があることから『風雷神門』というが、庶民の間では『雷門』のほうが通りがいい。

『雷門』を潜《くぐ》ると、両側に浅草寺の支院が立ち並び、その前の通りに小屋掛けの菓子屋、茶店、菊を売る植木屋と、様々な小店が人を集めていた。

六平太が本堂のある境内に案内すると、民治たち三人の眼はさらに丸くなった。

実に様々な小店が立ち並び、茶店の前では看板娘が客を呼び込んでいる。

人の多さも半端ではない。

「これが本堂だよ」

六平太が指さした。

民治たち三人は、本堂の威容に圧倒されたように息を飲んだ。

六平太がふっと、本堂の左に掛けられた長梯子《ながばしご》に眼を向けた。

本堂の楼閣からするすると梯子を下りた三人の鳶《とび》の一人が、音吉《おときち》だった。

若い者を連れて歩きかけた音吉が、六平太に気付いて近づいて来た。

「付添いですね」

音吉が、連れの三人を見て言った。

音吉の後ろに控えた二人の若い者が、六平太に小さく会釈をした。

「なんだいあの梯子は」

「火の気がないか、傷んでるところはないか時々見て回るんですよ。たまに、宿なしが潜り込むこともありますんで」

音吉は浅草の火消し十番組『ち組』の纏持《まといも》ちである。

浅草寺はじめ、近隣の寺から火を出さないよう日ごろから目配りをするのも、鳶の者の務めなのだ。

「それじゃわたしらはこれで」

音吉が若い者を引き連れて、三社権現《さんじやごんげん》の方へと去った。

昼どきになって、六平太は民治たちを並木町《なみきちょう》の小さな料理屋に案内した。

雷門への参道沿いに建つ店は、奈良《なら》茶飯が名物である。

四人は小上がりの卓を囲んで昼餉《ひるげ》を摂《と》った。

「この三日の間に、ここは行きたいというところはあるのか？」

六平太が聞くと、三人は箸《はし》を止めた。

「まぁ、せっかくだから、芝居見物はしたいもんです」

民治が言った。

「見世物も面白いと聞いてます」

江戸見物に来た者の殆《ほとん》どが、民治と同じことを口にした。

芝居見物も両国の賑わいも見たいという者は多い。

六平太がこれまで案内した中に、赤穂《あこう》浪士ゆかりの泉岳寺《せんがくじ》に行きたいと言った者もいた。

江戸城も人気があったが、城郭を見るというより、登城する大名行列を見物するのだ。

「秋月様、今戸《いまど》は浅草のそばでしたね」

和助がぽつりと口を開いた。

今戸は音吉の住む聖天町《しょうでんちょう》のすぐ北にある。

上州に住む和助が、江戸の細かな地名を口にしたのが妙だった。

「今戸になにか関《かか》わりでもあるのか」

「いえ、ちょっと」

和助は言葉を濁して茶飯を口にした。


やはり、冬の日暮れは早い。

猪牙舟《ちょきぶね》が、浅草山谷堀《さんやぼり》近くの竹屋《たけや》の渡しに着く頃、辺りはすっかり黄昏《たそがれ》ていた。

浅草で昼餉を摂った後、六平太は民治たちを本所回向院《えこういん》に案内した。

折りよく催されていた相撲《すもう》を半刻ばかり見物すると、民治と又平が両国行きをねだった。

見世物小屋を何か所も見て回り、道端の大道芸にもたびたび足を止めた。

茶店で一息入れた時には、辺りは西日に染まっていた。

「この後ですが秋月さん。板橋に戻る前に、吉原というところに行きたいんですが」

民治が言うと、又平が相槌《あいづち》を打った。

「おい、まさか揚がるつもりじゃあるめぇな」

六平太が慌てると、民治が片手を横に大きく打ち振った。

「吉原の女郎屋に揚がるにはいろいろとしきたりがあることは聞いております。ですから、遊郭を見物するだけです」

「見物だけなら」と和助も承知して、両国から猪牙舟を仕立てた。

舟を下りた一行は、三《み》ノ輪《わ》へ通じる道を日本堤《にほんづつみ》へと向かった。

吉原の大門《おおもん》を潜ってまっすぐ伸びた広い通りが、仲《なか》の町《ちょう》である。

夜見世の始まる暮六つ（六時頃）に、三味線のお囃子《はやし》とともに遊女が張見世に居並ぶ様子が見られるのだが、既に四半刻《しはんとき》（約三十分）が過ぎていた。

それでも、民治たちは吉原遊郭の華やぎに息を飲んでいる。

六平太は、民治たちが人ごみに紛れないように、時々振り返りながら仲の町の通りを水道尻《すいどじり》の方へと進んだ。

通りには、目当ての女のところに急ぐ者やただの素見《ひやかし》が溢《あふ》れている。

吉原の妓楼《ぎろう》に揚がったことはないが、町の様子は分かっていた。

京町の張見世の前で男共の笑い声が上がっていた。

「おい、左から二番目のおめぇ、今夜も売れねぇぞ」

「その狸面《たぬきづら》をなんとかしねぇな」

格子に張り付いた素見が二、三人、張見世に並んだ遊女をからかっていた。

「いつもいつも声ばかりかけて、遊びにお金をかけられない素見のおまはんにあれこれ言われたくはありんせんよ」

「悔しかったらたんまり稼いでお揚がりなんし」

張見世の遊女たちも負けてはいない。

格子を挟んでの丁々発止のやりとりも吉原の風情である。

「あんな高飛車な女を相手にするのは骨だよ」

民治が首をすくめた。

半刻ばかり吉原をそぞろ歩いて、一行は板橋へと向かった。

吉原の絢爛《けんらん》さに思いを引きずっていたのか、民治たち三人の口数が減っていた。

六平太は、すっかりくたびれて口を開く気力もなかった。


六平太が元鳥越の家に辿《たど》りついたのは、木戸が閉まる四つ（十時頃）少し前だった。

真っ暗な家の中に入ると、佐和が寝ている部屋から火打石を打つ音がした。

「すまん。起こしたな」

六平太は声をかけて、わずかに火の気の残った長火鉢の前に座りこんだ。

「お帰りなさい」

寝巻に上っ張りを羽織った佐和が、行灯《あんどん》を下げて出てきた。

「なにかお食べになりますか、それとも休まれますか」

「飯は板橋で食ったが、歩くうちにちと小腹が空いた。食うもの、なにかあるのか」

「ええ。冷めてますけど」

「酒も添えてもらえりゃ、ありがたい」

「すぐに」

佐和が台所に行った。

「火鉢に埋《うず》み火《び》があると思います」

佐和の声がした。

六平太が火箸で灰を掻《か》きわけると、熾火《おきび》が顔を出した。

「兄上、浅草寺で音吉さんとお会いになったんですってね」

佐和は今日の昼過ぎ、仕立て直しを届けに浅草田町《たまち》の古着商『山重《やましげ》』に行ったという。

「その帰りに聖天町に寄ったものですから」

聖天町には音吉、おきみ父娘の家があった。

その家に寄った時、音吉から話を聞いたのだろう。

音吉の女房は二年前、幼いおきみを残して死んだ。

佐和はかねてから、父娘二人の暮らしぶりを気にかけていた。

台所から佐和が来て、六平太の前に箱膳を置いた。

大根と雁《がん》もどきの煮物、炒《い》り豆腐の小鉢、それと銚子が一本載っていた。

「結構なお菜じゃねぇか」

「聖天町で多めに作ったのを持ち帰りましたから」

「なるほど」

六平太が湯吞《ゆのみ》に注《つ》いだ酒を口に含んだ。

「あとは一人でやるから、お前は休め」

「はい」

立った佐和が、「そうそう」と足を止めた。

「日暮れ前に菊次《きくじ》さんがいらして、今度兄上はいつごろ音羽《おとわ》に見えるかとお尋ねでした」

「急ぎの様子だったか」

「なんでも、雑司《ぞうし》ヶ谷《や》の作蔵《さくぞう》さんが、兄上に話があるということです」

「分かった」

お休みなさいと言って、佐和は部屋に入った。

六平太が煮物を口にして、思わず苦笑した。

佐和はこれまで、元鳥越で拵《こしら》えた食べ物を分けて音吉父娘に届けていたが、このところ、聖天町で作った残り物が、秋月家の膳に載るようになっていた。

それだけ、佐和の行き来が頻繁になっていた。

音吉とおきみも元鳥越によく顔を出すようになったが、六平太に用事がある時は別として、音吉が一人で現れることはない。

一人で来るのはおきみだけだ。

そんな時、音吉が迎えに来ることもあれば、佐和が送り届けることもあった。

数日前、音吉が夜になっておきみを迎えに来たことがあった。

「なんなら泊まっていけばいい」

六平太は勧めたが、音吉は断った。

「浅草で火が出た時、駆けつけるのが遅れますんで」

佐和にしても、聖天町で夜まで過ごしても、泊まることはなかった。

三

街道の宿場町は、朝の暗いうちから動き出す。

板橋宿も例外ではなかった。

江戸から中山道を行く者、江戸に入る者が、明けきらない通りをせかせかと往来し、荷を背負った馬、車を引く馬のひづめの音が往還に響く。

六平太が板橋に着いた時、宿場は朝日に照らされていた。

旅籠『平井屋』に入ると、土間の隅にかたまっていた民治たちが眼に入った。

「どういうことだよ和助」

渋い顔をした民治が、俯《うつむ》いて立っている和助に言い寄っていた。

「そりゃいくらなんでも勝手すぎるだよ」

又平まで口を尖《とが》らせている。

「なにごとだ」

六平太が近づいた。

「和助が今朝になって、今日は一人で行きたいところがあると言い出したんですよ」

民治が腹だたしそうに言った。

和助は突っ立ったまま、神妙な顔で俯いていた。

「はるばる上州から三人揃って出てきたのに、一人だけ別っていうのはなんだい。おまえ、自分一人いい思いをしようなんて言うんなら、国に帰ってからのつきあいはやめるよ」

又平の眼が怒っていた。

「民治さん、又平さん、そうじゃないんだよ」

やっとのことで和助が口を開いた。

「わたしが以前、江戸で働いていた所に挨拶に行きたいんですよ」

「ていうと、紙漉《かみす》き屋のことか？」

民治に聞かれて、和助が頷いた。

稲刈りを終えた秋半ばから翌春まで、和助は毎年、浅草今戸の紙漉き屋で働いていたという。

和助は〈むくどり〉だった。

「そういうことなら、仕方ねぇか」

民治が言うと、又平が渋々頷いた。

「民治さん又平さん、勝手言ってすいません」

二人に頭を下げると、和助は寸時を惜しむように宿を出ていった。

民治と又平を引き連れた六平太は、板橋を出ると、滝野川《たきのがわ》を経て護国寺《ごこくじ》へと向かっていた。

二人に護国寺行きを承知させるのに少々骨を折った。

「芝居は明日、和助と三人で行くことにして、今日は護国寺にしようじゃないか」

「護国寺っていうのはなんだね」

民治がぽかんとした。

徳川将軍家にゆかりのある寺で、境内が広大だと話しても、二人は全く関心を示さなかった。

境内には見世物も出る、江戸でも屈指の行楽の地である。

「門前の音羽には遊郭がある。料理屋も立ち並んで、楊弓場もあって遊ぶにはうってつけだぞ」

民治と又平を護国寺に行く気にさせたのは、どうやら遊郭と楊弓場だった。

護国寺にさえ行ければ、菊次から言付かった用件は果たせる。

「和助ってのは、江戸に来ていたのか」

「はい。たしか、十七、八の時分から稼ぎに出ていましたよ」

六平太の問いに民治が答えた。

五年前に江戸に来たのが最後だったという。

農閑期を、江戸で覚えた紙漉きに充てるようになって、出稼ぎに行くのをやめたのだ。

和助が漉いた紙は、今では前橋や伊勢崎《いせさき》の紙問屋に売れて、一年を通して紙漉きに専念しているという。

昔の和助のような〈むくどり〉を奉公先に斡旋《あっせん》する業者が、江戸には多く居た。

業者が保証人となって判銭（印代）を取り、雇い人と奉公人からは斡旋料を取るのだ。

江戸に働きに出て来る人数は、男女合わせて三万人ばかり居たというが、在所の村役人、江戸に来たら奉行所の許しがないと無宿人扱いをされて、働くことは出来なかった。

違法が見つかれば捕えられて、最悪は佐渡《さど》送りとなった。

「ひょっとして和助には、江戸に女がいるのかもしれんぞ」

又平が、笑いを含んだ声で言った。

「蓑里にゃ女房子供がおるのにか」

民治は信じられないという顔をした。

「毎年、江戸に通っていたころ仲良くなった女がよぉ」

又平の声に下卑た響きがあった。

音羽に来たついでにおりきの顔を拝んでもよかったが、六平太はまっすぐ桜木町《さくらぎちょう》の毘沙門《びしゃもん》の甚五郎《じんごろう》の家に向かった。

「秋月さん、おはようございます」

外から顔だけ突っ込むと、若者頭の佐太郎《さたろう》が軽く頭を下げた。

「お、兄ィ」

六助《ろくすけ》ら若い者たちと囲炉裏で茶を啜っていた菊次が、すっと立ち上がった。

「すまねぇが、ちょいと表に」

六平太が顔を引っ込めるとすぐ、菊次が表に出てきた。

「お、付添いですか」

六平太が引きつれていた民治と又平を見て、菊次は察したようだ。

「作蔵さんが、おれに話があるそうだな」

「へぇ。兄ィがこっちに来たら知らせてくれって言われてます」

「すまねえが菊次、一刻、いや半刻ばかり、こちらの二人の面倒を見ちゃくれねぇか」

「うん、それはいいが、作蔵さんなら音羽に来てますよ。さっき、江戸川橋んとこで会ったら、篠田屋《しのだや》に竹細工を届けに行くって」

六平太が、護国寺門前、青柳町《あおやぎちょう》の小間物屋『篠田屋』に向かうと、作蔵が丁度店から出てきたところだった。

「菊次から言付けを聞いたよ」

「それでわざわざ音羽に？」

作蔵が申しわけなさそうな顔をした。

「いや。付添いのついでだよ」

六平太は、作蔵を伴って居酒屋『吾作《ごさく》』に入った。

場所を貸してもらいたいというと、親父《おやじ》の吾作はいつも通り無愛想に頷いた。

作蔵の話が立ち話で済まないことも考えられ、六平太は、民治と又平の護国寺案内を菊次に頼んで篠田屋に向かったのだ。

「『吾作』で待ち合わせよう」

菊次にはそう言ってある。

店を開けたばかりで、客の姿はなかった。

「実は、穏蔵《おんぞう》のことなんですよ」

作蔵が神妙な顔で切り出した。

「何日か前、八王子《はちおうじ》の豊松《とよまつ》さんがうちに来た時にぽつりと洩らしたんですが、ゆくゆくは江戸に出たいらしいと——」

六平太には意外な言葉だった。

「出るというと」

「江戸で、どこかに奉公したいということですよ」

六平太が、低く唸った。

放蕩《ほうとう》に明け暮れていた十二年ほど前、六平太と板橋の女おはんの間に生まれたのが、穏蔵である。

おはんが死んだ時、三つだった穏蔵は八王子で養蚕業を営む豊松に貰《もら》われて行った。

六平太の相談に乗った、作蔵の父親の口利きだった。

それから九年、穏蔵は十二になっていた。

「ここのところ、豊松さんや番頭さんに付いて何度かうちに来てたからね。わたしんとこの弥吉《やきち》とも仲良くなり、菊次さん、おりきさんとも知り合い、その上秋月さんとも顔を合わせた」

穏蔵は江戸の楽しさを知ったのだろうか。

「豊松さんは、穏蔵は秋月さんのことが気に掛かってるんじゃないかと、ぽつりと言ってました」

「気に掛かるというと」

「それ以上のことは口にしませんでしたよ。秋月さんは実の父親だ。そのことを穏蔵は知らなくても、血が騒ぐんじゃないかねぇ」

六平太と穏蔵の間に、なにか濃いものがあった、おりきにもそう言われたことがあった。

だからと言って、六平太にはどうしようもない。

豊松は、三つという、手のかかる年の穏蔵を引き取って、慈しみ育てたのだ。

いずれは家業の養蚕を穏蔵に託すつもりもあるだろう。

そんな豊松の思いを無にすることだけは避けたかった。

六平太が細く息を吐いた。

板場から、吾作の使う包丁の音がしていた。

店の戸がいきなり開いて、民治と又平が飛び込んだ。

「どうした」

「お寺の境内で言いがかりをつけられて、菊次さんが相手二人と喧嘩《けんか》になりかかって」

顔を強張《こわば》らせた民治が震える声で言った。

「菊次はどうした」

「店の外に」

居酒屋『吾作』で働く八重《やえ》のことで吾作とぶつかった菊次は、気安く入るのを躊躇《ためら》うようになっていた。

板場の吾作を見ると、六平太を見もせず、頷いた。

「入れって言ってくれ」

「秋月さんがお呼びだよ」

又平が外に声をかけると、頭をぺこぺこ上下させながら、菊次が入って来た。

「なにか揉めたのか」

「いつもの、弥治郎《やじろう》のとこの野郎どもです」

菊次が口を尖らせた。

参拝や行楽で賑わう護国寺で、ゆすりたかりを重ねている一団の頭が弥治郎である。

相手は最初、民治と又平にぶつかって因縁をつけ始めたという。

「わたしらを田舎者と見て言いがかりをつけたんです」

悔しげにいう民治に、又平が相槌を打った。

「で、おれが民治さんたちの楯《たて》になったら、あいつら今度はおれに馬鹿なこと言い出しやがって」

「なにを言われた」

「いや、それは」

菊次が口をつぐんだ。

「あの人ら菊次さんに、お八重に惚《ほ》れても無理だとかなんとか」

思い出したように、又平が言った。

「そうそう、お八重はおれたちがいつか可愛《かわい》がってやるとか。お八重とはいったい誰のことですか」

民治が言い終わらないうちに、板場でガタリと俎板《まないた》を叩く音がした。

「あいつら、そんなこと口にしやがったのか」

吾作の顔が怒りで強張っていた。

菊次が、吾作を見て小さく頷いた。

民治と又平を江戸川橋の袂《たもと》に待たせると、六平太は作蔵と桜木町の角に立った。

「豊松さんに言付けを頼みたいんだがね」

「なにか」

「今度江戸に出て来る折りがあれば、穏蔵も一緒にと伝えてもらいたいんだ」

「いいですよ」

作蔵は頷くと、雑司ヶ谷へと坂道を上って行った。


いつもはほとんど昼餉を摂ることはないのだが、昨日と今日、佐和は軽く口にした。

暗いうちに家を出る六平太にお膳を用意する時、ついでに佐和も朝餉を摂った。

いつもより一刻も早く食べたせいか、昼前に空腹を覚えたからである。

「ごめんなさい、秋月さん、佐和さん、お出でですか」

台所で洗い物を済ませて、縁側の部屋に入ったとたん、玄関の外で女の声がした。

お京《けい》の声だった。

佐和が戸を開けると、格子戸の外に、鼠色の着物に黒羽織という改まった装りのお京が立っていた。

「どうぞ、お入りください」

佐和は、お京を家の中に案内すると、いそいそと茶の支度を始めた。

「わたしを贔屓《ひいき》にして下すったお人の四十九日の法要で、神田に行ったものだから」

五徳の上に伸ばした両手を揉みながら、お京が言った。

お京は浅草の芸者である。火消しの音吉の、死んだ女房と幼馴染《おさななじみ》でもあった。

「御贔屓は、お若くて？」

「還暦を一つ二つ越したばっかり。ふふ、わたし、爺《じい》さんには人気あるんだよ」

「どうぞ」

佐和が、火鉢の猫板に湯呑をおいた。

「ね、音さんとはどうなってるのさ」

湯呑を手にしたお京が声をひそめた。

「どうというと――」

「惚れ合ってるのは分かってるんだから。それなのになんだかこう、もじもじいじいじしてて、二人を見てるとやきもきするんだよ」

なんと言っていいのか、佐和は苦笑を洩らした。

「二人の間で、所帯を持とうなんて話は出てないのかい？」

佐和が、小さな笑みを浮かべて首を横に振った。

「どうして。思いきれない何かがおあり?」

「いえ」

佐和の声は小さかった。

「もし、障りがあるんなら、わたしが取っ払ってやろうとまで思ってるんだよ」

佐和は、困ったように小首を傾げた。

「もしかして、音さんとのこと、兄さんが承知しないのかい?」

「いえ」

思わず声を強めた。

六平太は佐和が聖天町に行くことに何も言わないし、音吉が元鳥越の家に来ることも鷹揚《おうよう》に見ている。

障りがあるとすれば、佐和の心の持ちようだ。

音吉がどうこうということではない。

呉服屋の手代と所帯を持ったものの、一年足らずで離縁した経験が、ときめく思いに戸を立てていた。

「兄さんの邪魔立てじゃないとすると、あとは、音さんと佐和さん次第ということか」

独り言のように呟くと、

「お邪魔様」

お京が、ぽんと膝《ひざ》を叩いて立ち上がった。

見送りはいいよとお京は言ったが、佐和は格子戸の外に出て見送った。

初手は佐和に胡散臭《うさんくさ》い眼を向けていたお京だが、いまでは姉さん風を吹かせていた。

傍からはお節介に見えるかもしれないが、押しつけがましくないお京の気風が、佐和には心地よかった。

佐和が家に戻りかけた時、表通りの方から人影が現れた。

「や、お佐和殿」

十河藩江戸屋敷に勤める、園田勘七《そのだかんしち》が笑みを浮かべた。

「ろっぺいは居ますか」

幼馴染の六平太を、勘七が〈ろっぺい〉と呼ぶことは知っていた。

佐和が、六平太は連日付添いに出ていると返事をすると、勘七は思いあぐねたように小さく唸った。

「戻りましたら、伺うように伝えましょうか」

「いや、結構です」

きっぱりと言い切った後、

「いずれ知れることでしょうから」

独り言のように呟いて、勘七はもと来た道を引き返して行った。

民治と又平を伴った六平太が、西日を浴びた往還を板橋に向かっていた。

護国寺から両国へと回ったのだが、日のあるうちに仕事が済みそうで、ありがたい。

「これからどこへ行くね」

護国寺参詣の後、六平太が聞くと、

「両国」

民治と又平が声を揃えた。

昨日行きそびれた『四つ目屋《よつめや》』に、なんとしても寄りたいと言った。

『四つ目屋』の売り物は、男女が閨《ねや》で用いる媚薬《びやく》や秘具だ。

長命丸とか女悦丸というのが売れ筋だという。

両国の『四つ目屋』に案内したが、六平太は外で待った。

店から出てきた民治と又平の顔に、笑みがこぼれていた。

板橋への道中、買い物に満足したのか、民治と又平からは時折笑い声が起こった。

旅籠『平井屋』に着いたのは、夕刻七つである。

「お帰りなさい」

民治と又平を迎えた番頭が、和助がすでに戻っていると言った。そしてすぐ、

「付添い屋さん、ちょっとお待ちを」

出かかった六平太が、足を止めた。

「お連れの和助さんが、相談があるということでして」

番頭は、民治と又平の先に立って階段を上がって行った。

入れ違いに下りてきた和助が、框に腰掛けた六平太の横で膝を揃えた。

「呼び止めて、すみません」

和助が小さく頭を下げた。

「相談というと」

「へぇ。下谷山崎町《したややまざきちょう》にはどう行けばいいか、教えてもらいたいのです」

和助は宿の者に尋ねたのだが、誰も下谷近辺の道を知らなかった。

「今日尋ねた所に会いたい人はいませんで、心当たりの所を回って聞くと、所帯を持って下谷山崎町にいるということでした」

「明日、行くのか」

和助が、思い詰めたように頷いた。

「江戸に居られるのは、明日一日しか――、明日を逃すと、いつまた江戸に来られるか、いつ会えるかも分かりませんから」

唇を噛《か》んだ和助が、膝に手を置いて項垂《うなだ》れた。

四

翌朝、六平太は民治と又平を葺屋町《ふきやちょう》の芝居小屋に送り込むと、和助を連れて下谷に向かった。

六平太は端《はな》から芝居見物に付き合うつもりはなかった。

夕刻の迎えまで刻を潰すのに、和助の案内は好都合だった。

民治と又平が人探しをするという和助を責めることはなかった。

六平太が、芝居見物の後、枕絵《まくらえ》を売る本屋に案内すると言ったのが功を奏したようだ。

「わたしが会いたいのは、恩人なんです」

道々、和助が言った。

冬場、上州から江戸に来て働いていた時分のことだという。

下谷山崎町は、上野の東叡山《とうえいざん》東方にあった。

そこからまっすぐ東に行けば、浅草に行きつく。

和助が目指したのは、『長助店《ちょうすけだな》』だった。

どぶ板の路地を挟んで、二棟の棟割り長屋があった。

所々、板の剝がれた家や、破れた障子戸の家があった。

どぶの臭《にお》いが漂っていた。

「なにか用かい」

井戸端で水を汲《く》んでいた四十絡みの女が、六平太と和助を値踏みするように見た。

「こちらの恩あるお人がここに居るらしくてね」

六平太が答えた。

「名はおなみさんと言いまして、年はたしか」

言いかけた和助が、首を捻って指を折った。

「二十四、五でおなみちゃんと言うのは、いるよ」

「年はそのくらいかと」

和助が頷くと、そこだよと、四十女が一軒の家を指さした。

「おなみちゃんも亭主も出掛けちまって、今はいないよ。なにしろ亭主はろくに働きもしねぇから、おなみさんが稼ぎ手なのさぁ」

女は言うと、近くに伏せてあった空き樽《だる》にどんと腰掛けた。

隣近所で見聞きしたことを喋るのが好きな女のようだ。

亭主の名が、巳之吉《みのきち》ということまで口にした。

本所下之郷《しものごう》の瓦《かわら》職人だったようだが、作業場で火を浴びて片腕が利かなくなり、働き口を失ったのだという。

おなみ夫婦には当歳の男児がいるが、おなみは隣り近所にその子を預けて出掛ける。朝は納豆売り、昼は町を歩いて扇の地紙売り、夕方には煮売りと、身を粉にして働いていた。

「亭主の巳之吉には呆《あき》れるじゃねぇか。おなみちゃんが稼いだ金で、酒、博打《ばくち》だよ。それでも、おなみちゃんは健気《けなげ》に尽くしてるよ」

和助の顔が俄《にわ》かに険しくなった。

「にもかかわらずだよ、巳之吉の野郎は酔うたんびに、もっと稼げと文句を言うし、この前なんか、毎日家を空けてるのは、男と逢引《あいびき》するためじゃないかなんてさぁ。挙げ句には、生まれた子は、ほんとうにおれの子かなんて言う始末だよ」

「それはあんまりじゃ」

和助が声を荒らげた。

「あたしが言ったんじゃないよぉ。文句なら巳之吉に言っとくれ」

和助が、唇を噛んで女に頭を下げた。

「ええと、お前さん」

六平太が言いかけると、

「あたしは、くまってんだよ」

端切《はぎ》れを継ぎ合わせて作ったような襟巻《えりまき》を直しながら、女が名乗った。

「おくまさんよぉ、おなみさんは、いつごろ戻るのかねぇ」

「さぁ、日によってまちまちだよ」

金棒曳《かなぼうひ》きのおくまは、おなみが煮売りまでこなせば夕方まで出っぱなしだと言った。


昼近くの元鳥越一帯は冷え込んでいた。

鳥越明神脇から小路に入ると、吹き抜ける寒風に思わず衿《えり》を掻き合わせたくらいだ。

秋月家の居間の長火鉢で、鉄瓶がちんちんと湯の音を立てていた。

六平太の向かいに座った和助が、思い詰めたような顔で両掌《りようて》に持った湯呑に眼を落としていた。

「そう気を落とすな」

六平太の声に、和助はただ頷くだけだ。

和助がおなみという女に会いに行く機会は、今日しかなかった。

夕刻になったら、もう一度下谷山崎町へ出直すというので、元鳥越で暇を潰すことにしたのだ。

六平太にしたところが、民治たちを芝居小屋に迎えに行くまで何もすることがなかった。

「なんにもありませんが」

台所から佐和が出て来て、皿に載せた握り飯を火鉢の猫板に置いた。

小腹を空かせた二人のために、朝の残りで佐和が拵えた昼餉である。

「言い忘れていましたが兄上」

縁側の部屋の襖《ふすま》を開けた佐和が、振り向いた。

「木場の『飛驒屋』さんから使いの人が見えて、今夜、えびす講の宴をするので、よろしければお出で下さいということでした」

「分かった」

佐和が、裁縫箱を置いた部屋に消えた。

「食おう」

六平太が、先に握り飯を取った。

和助も手にして、食べ始めた。

二口ばかり頰張った和助が、ふっと、手にした握り飯に眼を凝らした。

「どうした」

「おなみさんに受けた恩というのは、これでして」

和助が、握り飯を六平太に見せた。

「わたし、十八の頃から、冬になると江戸に働きに来てました」

今戸で紙漉きをしていたことは、昨日、民治の口から聞いていた。

「爺さんや二親と、僅《わず》かばかりの田畑を耕していましたが、いつまで経《た》っても暮らしは楽になりません。それで、稼ぎに出たんです」

四つ違いの妹は十二になると、伊勢崎の商家の女中奉公に出たという。

「紙漉きの心得があったのか」

六平太が聞いた。

「紙を漉くのは職人さんです。わたしは楮《こうぞ》や三叉《みつまた》の皮を剝《は》いだり、水に漬けたり叩《たた》いたり、いろいろな雑用をこなしました」

給金は安いものだったが、ありがたかったという。

田舎には、和助の稼ぎを当てにしている親兄弟がいた。

買い物もせず、遊びにも行かず、賄いの飯だけでは満たされない空きっ腹を抱えて耐えた。

紙漉きには水仕事がつきものだ。

手も身体《からだ》も凍え、田舎でも味わったことのないひもじさに、遂に耐えられなくなった。

「初めて江戸で年越しをした正月の末、逃げ出しました」

人気のない暗い小道を半町ばかり進むと、丁字路の角に稲荷《いなり》があった。

曲がろうとした時、小さな祠《ほこら》の中の油揚げが眼に入った。

逃げることばかりに気を取られていた和助が、油揚げを眼にした途端、空腹に見舞われた。

思わず手を伸ばした時、

「それは駄目っ」

咎めるような女の声がした。

「忙しくて、夕方、下げるのを忘れてたから」

路地の暗がりに立っていた小女が近づいて、祠の油揚げを皿ごと取った。

和助が俯いて行きかけると、「おなか、空いてるの」と声がかかった。

和助は頷いた。

「油揚げは寒さで硬くなってるから、食べるのは無理よ。少し待ってて」

小女が、祠の隣りにある家の勝手口に入って行った。

和助がその家を見回すと、表の障子戸に『めし　たつみ屋』とあった。

「ごはんが少し残ってたから」

再び現れた小女が、握り飯の載った小皿を差し出した。

和助が、握り飯に食らいついた。

「あんた、この先で紙漉きしている人でしょう」

小女は、紙漉き場の裏で働いている和助を二、三度見掛けていた。

「ひもじい思いをしてるの」

小女に聞かれて、和助は頷いた。

すると小女が、いつもは無理だが、店じまいの後、祠の隅に握り飯を置いておくと言った。

そこまで話して、和助は小さく息を吐いた。

六平太が、湯気を上げる鉄瓶の蓋《ふた》を少しずらした。

「その夜、逃げるのをやめました」

和助が言った。

「祠の飯にありつけると思ったら、もう少し我慢してみようという気になったんです。そしたら、三日に一度、四日に一度、飯が置いてありました」

「その女が、おなみさんか」

「はい」

和助が頷いた。

その年の三月、上州に帰る前の日、和助は思い切っておなみに会いに行ったという。

一言、礼を言いたかった。

するとおなみは、自分の家が食うや食わずだったから、人のひもじさは分かると言ったのだ。

和助はその年の冬も江戸に来た。

その時も、稲荷の祠に残り物が何度か置いてあった。

三年目となるその翌年、江戸に来た和助は、飯屋からおなみの姿が消えているのを知った。

四年目に来た時も、おなみの姿を見掛けることはなかった。

和助は、その年を最後に出稼ぎをやめた。

和助が二十二の年だった。

藩の新田開発が軌道に乗り、農家の実入りが上向いたのだ。

和助は畑仕事の合い間に、江戸の職人の仕事ぶりを見て覚えた紙漉きを始めた。

そして二十五になった二年前、和助の漉いた紙が伊勢崎の紙問屋に売れるようになり、一年を通して紙漉きが本業となった。

「今年、民治さんたちが江戸見物に行くというので、もういちどおなみさんにお礼が言いたくて付いて来たんです」

「なるほど」

六平太が、感心したように呟いた。

「おなみさんの親切を支えにして紙漉きを続けられたようなものですから」

息を吐く和助の肩が、大きく上下した。


元鳥越を震え上がらせていた風が、夕刻には治まった。

六平太と和助は、佐和に送られて家を出た。

鳥越明神前に差し掛かった時、異形の男が眼の前に現れた。

「秋月さん、これからお出かけで」

ひしゃげた烏帽子《えぼし》によれよれの狩衣《かりぎぬ》姿の熊八《くまはち》だった。

秋月家の奥にある市兵衛店の住人、熊八は、『鹿島《かしま》の事触《ことぶ》れ』になったり『厄払い』をしたりと、その時々で何にでも扮して怪しげなお札などを売り歩く大道芸人である。

「お、そうだ。熊八に頼みがある」

葺屋町に行って民治と又平と落ち合い、板橋に送り届けてから下谷に引き返すというのが、六平太には悩ましいところだった。

熊八は、芝居小屋から本屋への案内、板橋への送りをすんなりと引き受けてくれた。

民治たちと待ち合わせるのは、芝居小屋近くの茶店と決めてあった。

「そこへ行って二人の名を叫びますから、ご心配なく」

熊八が頷いた。

「礼はあとでな」

「楽しみにしておりますよ」

笑みを浮かべて、熊八が踵《きびす》を返した。

五

下谷山崎町『長助店』は夜の帳《とばり》に包まれようとしていた。

暮れ六つ前だが、冬の日の入りは早い。

六平太と和助が長屋に足を踏み入れると、井戸端で金棒曳きのおくまがすっと立ち上がった。

「昼間来た二人だよ」

屈みこんで水仕事をしていた若い女が、警戒するように顔を上げた。

「おなみさん」

和助の声がかすれていた。

その声が届かなかったのか、ゆっくりと立ち上がったおなみが、まるで挑むように六平太と和助を見た。

「うちのひとは、いませんよ」

「いや」

和助が言いかけると、

「刀を差した浪人を連れて取り立てようったって、無い袖は振れませんから」

和助を睨《にら》みつけた。

「この人は和助と言って、おなみさんに用があるんだよ。お前さん、今戸の飯屋『たつみ屋』にいたことがあるだろう」

六平太の言葉におなみが眉をひそめた。

「わたしは、紙漉き場に出稼ぎを」

おなみは思案するように和助を見た。

「覚えていないならそれでもいいんです。ただ、昔、おなみさんに親切にしていただいたお蔭《かげ》で江戸に通い続け、今じゃ、自分で紙漉きをするまでになったので——一言お礼をと」

「もしかして、上州の？」

和助が言い終わらないうちに、おなみが聞いた。

和助が、頷いた。

「お稲荷さんの油揚げを取ろうとした？」

「はいっ」

和助が感極まったように大きく頷いた。

「そう、あの時の」

強張っていたおなみの顔に、穏やかな笑みが広がった。


おなみの住まいは六畳一間だった。

部屋の片隅に敷かれた布団で、赤ん坊が寝ていた。

「白湯《さゆ》ですが」

おなみが、上がり框に腰掛けていた六平太と和助に湯呑を置いた。

家の中に招かれた和助が、訪ねてきた思いを口にすると、おなみは盛んに恐縮した。

自分の善行のことより、和助が紙漉きで身を立てたことを、我がことのように喜んだ。

灰汁《あく》色に黒の子持ち縞の着物は着古されていた。

おなみの暮らしは決して楽ではなさそうだ。

六平太が白湯を口にした時、戸が乱暴に開けられ、

「なんだお前ら」

胸元をだらしなく開けた無精髭《ぶしょうひげ》の男が、六平太と和助を睨むように見た。

「今戸の店にいた時分の知り合いが、わざわざ訪ねて来て下さって」

おなみが和助を見て言った。

「あんたは」

男が、和助から六平太に眼を移した。

「おれは、この人の付添いだよ」

腰掛けた六平太と和助の間を割るようにして上がった男から、ぷんと酒がにおった。

開けっ放しの戸を、六平太が閉めた。

「すいません、うちの人です」

おなみは二人に、すまなそうに頭を下げた。

金棒曳きのおくまが言っていた亭主の巳之吉だった。

「ふうん、昔なじみの男か」

巳之吉の物言いに棘《とげ》があった。

「この餓鬼のてて親じゃねえのか」

和助を見て、寝ている赤ん坊を指さした。

「あんた、なんてことを言うんだい」

鋭い声を向けたおなみの頬《ほお》に、巳之吉の手が飛んだ。

思わず腰を浮かせた和助を、六平太が手で制した。

「巳之吉、いつまで待たせるんだ、早く出て来やがれ」

声がして、外から戸が開けられた。

中に押し入ろうとした男が二人、框に掛けた六平太と和助を見て足を引っ込めた。

「ちっ、先客かぁ」

赤ら顔の男が舌打ちをした。

片方の眉に傷痕《きずあと》のあるもう一人の男も、見るからにやくざ者だ。

「巳之吉、こちらの取り立てに払って、おれらにゃ払う金がねぇなんてこたぁ言わせねぇぞ」

「この二人は、取り立てじゃねぇよ」

巳之吉がいうと、やくざ者二人が、安堵《あんど》したように六平太を見た。

「銭を、ありったけ出せ」

巳之吉がおなみに片手を差し出した。

「おい巳之吉、賭場《とば》の負け金一両（約十万円）だ。銭で済む話じゃねぇだろう」

赤ら顔の男が凄《すご》んだ。

「うちに、一両なんてお金、あるわけないじゃありませんか」

おなみが、やくざ者に顔を向けた。

「借りた金が返せないなら、おめぇを簀巻《すま》きにするか女房を売っ払うことになるが、どうする」

赤ら顔が言った。

「女房が売れるんなら、持っていけ」

自棄《やけ》のように巳之吉が言った。

「なんてことを」

思わず和助が声を出した。

「連れて行っていいんだな」

片眉に傷痕の男が念を押すと、巳之吉は黙りこくって横を向いた。

すると、おなみはやくざ者に身体を向けると、胸を張った。

「以前なら、亭主のいうとおり、売れるものなら売られもしましたが、今のわたしには乳離れ前の子供がいるんです。借金のかたにされるわけにはいきません」

「亭主の許しはとっくに出てるんだ観念しろ。おめぇくらいの器量ならいい値がつくぜ」

赤ら顔に促されて上がり込もうとした片眉に傷の男の前に、六平太が、刀を鞘《さや》ごと突き出した。

「母親が居なくなったら、あそこで寝てる子供が哀れだ」

「そんなこと知るか」

凄む男の襟首を摑《つか》むと、六平太は中に足を入れかけた赤ら顔の男ともども、家の外に押し出した。

「お前ら、今夜は出直せ」

「そうは行くかっ」

やくざ者二人が、眼を吊りあげて懐の匕首《あいくち》を抜いた。

六平太の動きは速かった。

いきなり刀の鞘で腕を叩くと、片眉に傷の男が悲鳴を上げて匕首を落とした。

間髪をいれず、赤ら顔の鳩尾《みぞおち》に鞘尻を突き入れた。

うっと息を詰まらせた赤ら顔は、その場に苦しげに蹲《うずくま》った。

「秋月様、これを」

出てきた和助が、一両を差し出した。

六平太が、和助の一両を摘まむと、赤ら顔の男の懐にねじ込んだ。

「もう、ここへ来ることはねぇな?」

赤ら顔の男は怯《おび》えたように頷くと、もう一人の男と共によろよろと立ち去った。

その様子を戸口で見ていたおなみが、奥へ駆け込んだ。

「あんた、今戸の知り合いが一両を用立ててくれたんだよ。外に出てお礼を言っておくれよ」

おなみの声がした。

「ね、あんたっ」

巳之吉は、おなみにもだんまりを決め込んでいるようだ。

「引き揚げよう」

路地に突っ立ったままの和助に声をかけたが、動こうとしない。

「おい和助」

和助が、弾《はじ》かれたように家の中に飛び込んだ。

六平太も後に続いた。

土間に突っ立った和助に向かって、擦り切れた畳に額をすりつけているおなみの、頭が見えた。乱れた髪に、艶《つや》がなかった。

「和助さん、この通りです」

手を突いたおなみの背後に、不貞腐《ふてくさ》れて横になった巳之吉の背中があった。

和助の身体が、細かく震えていた。

「おなみさん、こんなご亭主とは、別れなさいっ」

和助の絞り出すような声だった。

身をよじった巳之吉が、和助を睨んだ。

「どうして我慢しなくちゃならないんですかっ」

おなみが、下げていた顔をゆっくりと上げた。

「女房を売るような男は、人じゃないっ」

「なにっ」

巳之吉が飛びかかりそうな勢いで身体を起こした。

「うちのことで、あんたにとやかく言われる筋合いはありませんよ!」

おなみの激した声が和助にぶつけられた。

背筋をぴんと伸ばして和助を睨みつけるおなみの眼に、強い怒りがあった。

「赤の他人が、わたしら夫婦の事にくちばし挟むことはないじゃありませんか!」

「けど」

和助はたじろいでいた。

「うちの人だって、端《はな》からこんな風じゃなかったんだ。好きこのんで火傷《やけど》を負ったわけでもないんだよ。腕のいい瓦職人がさぁ、腕が利かなくなりゃ気落ちもするさ。自棄にもなりますよ」

立ちかけていた巳之吉が、その場に胡坐《あぐら》をかいた。

「働きもしないで、わたしの稼ぎを酒や博打に使うのがいいとは思いません。こっちは休みなく働いて、身体も痛みます。亭主のこんな有様にはそりゃ腹も立ちます。情けないです」

「そんな思いまでして、どうして」

おなみに凝視されて、和助が後の言葉を飲み込んだ。

「和助さん、わたしが『たつみ屋』からいなくなったことを御存知でしたか」

静かな声だった。

『たつみ屋』はおなみが奉公していた今戸の飯屋だ。

和助が頷いた。

和助が江戸に出稼ぎに来るようになった三年目、『たつみ屋』からおなみの姿が消えていたのだ。

「その年、お父《と》っつぁんに無理やり『たつみ屋』をやめさせられたんですよ」

おなみの父親は女房子供を顧みない男だった。

方々から借りた金の返済に困った父親が、おなみを三両で女衒《ぜげん》に売ったのだ。

深川の岡場所に連れて行かれる寸前、同じ長屋にいた巳之吉が待ったをかけた。

「その時分はまだ瓦屋の職人でね、親方に五両を前借りして、女衒からわたしを買い戻してくれたんですよ」

その巳之吉が、父親とは縁を切れと言い出して、おなみを本所から連れ出したという。

大川を渡った浅草の橋場で二人は所帯を持った。

巳之吉が、火傷で腕が利かなくなって職人をやめたのは、その五年後だった。

「岡場所の泥水に漬けられそうになったわたしを、引き揚げてくれたのは、この人なんですよ」

おなみが、後ろに軽く首を回した。

巳之吉は黙ったまま、項垂れていた。

「親に泣かされ、地獄のような暮らしから、あの時助けてくれた、言ってみれば福の神だったんです」

巳之吉の顔がふっと上がりかけた。

「神様っていうのは、福も持って来てくれるかわりに、時には悪さもするんだそうです。だから、悪さをしたからって、いちいち恨んだり放《ほう》り出したりすれば、わたしは恩知らずになりますから」

胡坐をかいたまま、巳之吉がくるりと背を向けた。

突然、大人しく寝ていた赤ん坊が泣きだした。

「ごめんごめん、起こしたねぇ」

おなみが、赤ん坊を抱いてあやし始めた。

「すまんことでした」

和助が一礼して、外に出た。

六平太も続いた。

二人の背後で、どぶ板を踏む音がした。

赤ん坊を抱いたおなみが立っていた。

「和助さん、さっきの一両は――」

「あれは、むかし今戸で、お稲荷様の祠に置いていてくれた、握り飯のお代です」

眼を丸くしたおなみが、赤ん坊を抱いたまま深々と頭を下げた。


東叡山門前の三橋に来るまで、六平太も和助も口を開かなかった。

飲み屋から出て来る者、向かう者が白い息を吐いて行きかっていた。

料理屋近くで町駕籠が客を待っているところを見ると、五つはとうに過ぎたようだ。

橋を渡ったところで和助が足を止めた。

「板橋まで一人で帰りますから、ここで」

「だがな」

「秋月さんは今夜、えびす講の集まりに呼ばれておいででしょう」

どうしても一人で帰ると言う和助が、辞儀をして不忍池《しのばずのいけ》の方に歩き出した。

六

秋月家の居間の炬燵《こたつ》に足を突っ込んで寝ていた六平太が、むくりと顔を上げた。

長火鉢に掛かった鉄瓶から湯気が立っていた。

差し込む明かりからすると、昼が近いようだ。

昨夜、六平太は『飛驒屋』には行かず、元鳥越の居酒屋『金時《きんとき》』で熊八と飲んだ。

民治と又平を板橋に送ってもらった礼もあった。

途中、熊八と同じ市兵衛店の住人、噺家《はなしか》の三治《さんじ》が来合わせたので、つい遅くまで飲んでしまった。

朝方一度は起きたのだが、酔いが残っていたので二度寝をした。

「お目覚めですか」

玄関から佐和が来た。

「昨日いらした和助さんが見えてますよ」

「ん？」

和助なら、今朝、板橋を早発ちのはずだった。

六平太が玄関に出ると、旅装の和助が三和土に立っていた。

「どうした」

「民治さんと又平さんには先に発ってもらって、わたしはもう一度おなみさんのところに」

「とにかくあがれ」

「いえ、ここで。草鞋を結んでおりますから」

六平太が、上がり口に胡坐をかいた。

「あのまま国に帰ってしまうのが、今朝になっても気になりまして」

和助は下谷山崎町に行って、おなみに相談を持ちかけたという。

和助の漉いた紙を、江戸でおなみに売ってもらえないかというものだった。

「おなみさん、引き受けてくれました」

和助が顔をほころばせた。

おなみは普段から、扇の地紙売りをしていて担ぎ商いに馴れていた。

売り値の半分をおなみの取り分にした。

今朝、紙売りの委託料として二両置いて来たという。

「わたしの紙は、『蓑里紙』と名が付いて、上州の方で売られてます。江戸でも売れて、おなみさんに恩返しが出来ればいうことはありませんから」

和助の声が弾んでいた。

「国に戻ったらすぐに、おなみさんのところに紙を送ります」

「あとは、あの亭主だな」

和助の好意を、巳之吉が無にする恐れがあった。

「それで、なにか困ったことがあったら、秋月様に相談するようにと言っておきましたが、よかったでしょうか」

「おれで役に立つかどうか」

六平太は笑って、大きく頷いた。

安堵したように、和助の顔に笑みが浮かんだ。

「おい、佐和」

台所にいた佐和が、急ぎ来た。

「和助さん、これから上州に帰るそうだ」

「お世話になりまして」

佐和に頭を下げた和助が、

「皆さまお元気で」

腰をくの字に折って玄関を出た。

「和助さん、晴れ晴れとしたお顔でしたね」

「うん」

長年抱えていた憑《つ》き物を落として、和助は江戸を離れられるようだ。

明日で月が替わるという日の午前、六平太は浅草福井町の市兵衛の家を訪ねた。

日本橋で茶問屋を営んでいた市兵衛は、隠居したあと元鳥越近辺の裏店、一軒家を買い取り、家主として悠々自適の暮らしをしていた。

六平太の住む家も市兵衛の持ち物である。

月末は、九年前、市兵衛に借りた金の返済日だった。

玄関の上がり口で帳面を広げた市兵衛の鼻先に、二分（約五万円）を突き出した。

「ほう、二分とはご立派」

市兵衛が、満面の笑みを浮かべた。

「ばぁさん、秋月さんが今月は二分お持ちだ。茶と菓子の用意をしておくれ」

市兵衛が奥に声をかけると、

「お上がりなさいよ」

調子の良い市兵衛の誘いに、うっかり乗ってしまったのがいけなかった。

市兵衛は、将棋の相手を待っていた。

「今月は、紅葉見物など付添いで大忙しだったようですな」

市兵衛が、おだてるような眼差しを向けて駒を動かした。

いつもの付添いでも稼いだが、和助たちの江戸案内の実入りが大きかった。三人で、一日一分だったから、三日で三分になった。

「来月になれば顔見世がありますから、秋月さんはひっぱりだこでしょう。もういくつか声がかかってるんじゃありませんか」

神田の口入れ屋『もみじ庵』がいうには、六平太を名指しで、付添いの口が二つばかりかかっていた。

「お店の娘さんがたと芝居三昧《ざんまい》、そのうえ料理屋に招かれて旨《うま》い料理を頂く。なんとも羨《うらや》ましい限りですな」

市兵衛が、いつになく六平太を持ち上げた。

それで身が入らず、三戦して全敗した。

「またいつでもお相手しますよ」

帰る六平太の背中で市兵衛の弾んだ声がした。

姑息《こそく》な手を使いやがって——市兵衛に弄ばれた悔しさに舌打ちしながら、浅草御蔵前、鳥越橋の袂まで来た。

「あ、やっぱり兄さんだ」

六平太が、橋の手前で曲がりかけた時、声がした。

下駄を鳴らして橋を渡って来たのは、お京だった。

「ここで出くわしてよかった。佐和さんの前じゃちょっと聞きづらくてさ」

「なんだい」

「いえね、佐和さんと音さんのことを、兄さんが実際どうお考えか、その辺りのことを聞きたいんですよ」

「どうと言われてもね」

「わたしが見るところ、二人の気持ちは柿の皮が破れるほどに熟れてます。なのに、中々踏ん切れない。もし、兄さんがたがた言ってるのだとすれば、わたしが意見しようと思いまして」

お京が探るように見た。

「二人のことに、否やはねぇよ」

「ほんとですか」

「おう。こっちから所帯を持てなんて尻を叩くのもどうかと思って、向こうから言い出すのを待ってるんだよ」

六平太の本心だった。

「ということは、やっぱり二人次第かぁ。気の揉めるこった。それじゃ」

小さく唸ったお京が、もと来た道を戻って行った。

お京は、音吉の死んだ女房と幼馴染である。

残された父娘の暮らしを気に掛けながら、音吉に思いを傾けていたことは六平太が見ても分かった。

音吉の近辺に現れた佐和に冷たくあたったことでも、それは察せられた。

そのお京が、ある時から佐和に肩入れをし始めたのだ。

いまでは、音吉と佐和の後見人気取りで、二人の縁組の後押しまでしている。

なにがなんだかわからねぇ。

胸の中で呟くと、六平太は鳥越明神の方へ歩き出した。

七

十一月に入ってすぐ、元鳥越は二日ばかり木枯らしに見舞われた。

風が収まった日の朝、木場の材木商『飛驒屋』から使いが来た。

「下り酒が手に入りましたので、ご都合のよろしい時にお越しください」

そう言って、使いは帰っていった。

えびす講の誘いがあった日も、とうとう行かず仕舞いだった。

酒はともかく、『飛驒屋』に行って聞きたいことがあった。

六平太が、『飛驒屋』に着いたのは午《ひる》の九つ（十二時頃）である。

「秋月様、お久しぶりでしたね」

内儀のおかねと娘のお登世《とせ》の笑顔に迎えられたが、主の山左衛門の待つ座敷に案内すると、二人は席を外した。

「先日、えびす講にいらしたらお話ししようと思っていたのですが」

山左衛門が静かに言った。

「わたしどもは、とうとう十河藩へのお出入りを差しとめられました」

山左衛門は柔和な笑みを浮かべて言った。

「十河藩に出入りする、次の材木商は決まったので？」

「深川材木町の『武州屋《ぶしゅうや》』さんのようです」

「そこまで知っておられたか」

山左衛門が、小さく笑った。

『飛驒屋』ほどの大店になると、密《ひそ》かな動きも耳に入るのだろう。

「『武州屋』っていうのは、古いので？」

「同業ではありますが、当代が商いを始めたという材木商でして、つきあいはありません」

「顔は？」

山左衛門が訝しそうに見た。

六平太は、日本橋の料理屋『芋源』で見掛けた商家の主らしい男のことを話した。

十河藩江戸屋敷留守居役、小松新左衛門と、徒頭の岩間孫太夫が、揉み手をする男に迎えられていた。

「顎《あご》の張った、眉の太い、四十半ばのようだが」

「おそらく、『武州屋』の伝兵衛《でんべえ》さんでしょう」

山左衛門が小さく頷いた。

そして、

「わたしどもが十河藩にお貸ししていたお金が、半分返ってきましたよ」

「ほう」

かつて勘定方だった園田勘七によれば、藩は『飛驒屋』に、千五、六百両ほどの借金があったという。

「『武州屋』が出したものだろうな」

山左衛門は笑って返事をしなかったが、間違いあるまい。

十河藩が幕府から命じられた、三河国宝徳寺の改修が完了した暁に、残りの半金を『武州屋』が肩代わりするに違いない。

山左衛門との話が済むと、おかねとお登世が加わって、賑やかな昼餉となった。

新川の酒問屋から買い受けたという下り酒も出た。

六平太は、銚子一本で酔った。

『飛騨屋』に一刻ばかり居て、六平太は引き揚げた。

元鳥越に近づくころには酔いも覚めて、ほんのりとした心地よさが残っていた。

「兄上っ」

秋月家の玄関に足を踏み入れた途端、縁側の部屋から佐和が飛び出して来た。

「昼前、おなみさんという人が訪ねて見えました」

思わず六平太の眉間に皺が寄った。

「このまえここにいらした、和助さんの恩人でしょう」

「で、用はなんだって」

何か困ったことがあれば六平太を頼れと、和助がおなみに言っていた。

亭主と諍《いさか》いがあったのかもしれない。

「上州の和助さんから紙が届いて、五日も前から江戸の町を売り歩いているんですって」

佐和の声が弾んでいた。

「今日は、こちらの方に来ましたので、秋月様にごあいさつにと」

おなみは、佐和にそう言ったという。

「そして、兄上にもお礼だと言ってこれを置いていかれました」

佐和が、五枚ほどの紙を差し出した。

「和助さんが漉いた、『蓑里紙』というそうです」

六平太が、紙を手にした。

「おなみさんの顔には張りがありました」

佐和がそう言った。

和助の漉いた紙が、福をもたらすかどうかは、亭主の巳之吉の心掛けひとつにかかっている。

六平太は、和助の『蓑里紙』をそっと撫《な》でた。

第二話　吾作提灯

一

元鳥越《もとどりごえ》は朝から春のような陽気だった。

秋月六平太《あきづきろっぺいた》は、小春日和の陽《ひ》を浴びた縁に立って炬燵《こたつ》布団の埃《ほこり》を払っていた。

どこかでギィと、百舌鳥《もず》が啼《な》いた。

「ただいま戻りました」

佐和《さわ》は、井戸端の方から帰って来たようだ。

六平太が居間に行くと、佐和が台所から上がって来たところだった。

「音吉《おときち》さんとおきみちゃんも一緒に」

「御無沙汰《ごぶさた》しちまって」

おきみと並んで台所の土間に立っていた音吉が、会釈した。

「とにかく上がんなよ」

六平太が長火鉢を手で指した。

「熊手《くまで》をお渡ししたら浅草に戻るつもりだったんですが」

「でも、お茶くらい」

「じゃ、ほんの少しだけ」

佐和の勧めを受けて、音吉とおきみが居間に上がった。

「縁起ものですから、どうかお納めを」

音吉が、熊手を差し出した。

「ありがとよ」

受け取った熊手を、六平太が部屋の隅の鴨居《かもい》に差した。

今日は、十一月最初の酉《とり》の日だった。

浅草鷲《おおとり》大明神の酉の市は、夜中の九つ（十二時頃）の一番太鼓で始まる。

音吉は例年、火消し仲間と行くようだが、今年は佐和と一緒に行きたいと、おきみがねだったのだ。

五つのおきみを夜中に連れ出すのは可哀相《かわいそう》だということで、三人は陽が昇ってから鷲大明神に詣《もう》でた。

佐和が、六平太と音吉に茶を出した。

「しかし、酉の市の土産がどうして熊手なのかね」

湯呑《ゆのみ》を手にした六平太が呟《つぶや》いた。

「鷲大明神にゆかりの、知り合いの鳶《とび》に聞いたことがあります」

音吉が口を開いた。

その昔、日本武尊《やまとたけるのみこと》が東夷《とうい》征討の折り、鷲大明神に立ち寄って戦勝祈願をしたのだという。

日本武尊は帰りに再び立ち寄り、鷲大明神の社殿の松に武具の熊手を掛けて、勝ち戦のお礼と祝いをしたことに由来するらしい。

熊手は戦道具だったのだ。

「ごめん」

玄関の方で声がした。

「はい」

すぐに佐和が立った。

「音吉さん、実は」

六平太が、音吉に顔を近づけて囁《ささや》いた。

「この前、お京《けい》さんに言われたんだが」

「へぇ」

「うん、いやいい」

好き合っているのに、進展しない音吉と佐和に焦れているお京のことを話そうと思ったのだが、おきみがいては話しづらい。

そこへ佐和が戻って来た。

「兄上、園田《そのだ》様が、もうお一方とお見えです」

「それじゃ、わたしらはこれで」

音吉がおきみを促して、腰を上げた。


六平太は、勘七《かんしち》が連れてきた武士に見覚えがあった。

「以前お目に掛かった、村上辰之進《むらかみたつのしん》でござる」

玄関先で、そう名乗った。

二年半ほど前、勘七に伴われて秋月家に来た男だった。

十河《そごう》藩の国元で供番を勤めていると聞いた記憶もある。

「十二年前、藩政改革を唱えた改革派を粛清した守旧派の中で対立が起きている」

国元の様子を村上から聞いた勘七が、そのことを知らせに来たのだ。

共に守旧派だった国家老の宮津太郎左衛門《みやつたろうざえもん》と中老石川頼母《いしかわたのも》が反目し、それが江戸屋敷にも波及して、宮津側に立つ留守居役、小松新左衛門《こまつしんざえもん》と石川側に立つ江戸家老、松村彦四郎《まつむらひこしろう》の対立を生んでいた。

当時、国元では暗殺と復讐《ふくしゅう》が頻発し、刺客まで雇い入れていた。

小松側の刺客要員には、六平太の名も上がっていたと言った。

六平太には秋月家を追放したお家の内紛に関《かか》わる気は毛頭なかった。

「で、今日は何ごとだ」

勘七と村上を居間に通した六平太が、長火鉢の前に腰をおろして聞いた。

「実はそれがし、三河国《みかわのくに》、宝徳寺《ほうとくじ》改修の陣容に組み入れられまして」

村上が淡々と口にした。

国元から七人、江戸屋敷からは八人が、三河国に赴き、改修の指揮に当たるという。

「陣頭指揮は国の普請奉行で、国家老宮津様の腹心でござる。補佐役が、山奉行の井《い》坂《さか》様で、中老石川様に近いお方です」

「なるほど」

六平太が呟いた。

反目していた両派が、手を携えたようだ。

幕府に命じられた改修を前に、藩内でいがみ合っている場合ではないのだろう。

「ろっぺい。村上殿が申されたのだが、当家が『飛騨屋《ひだや》』の出入りを解いたことは、国元の領民の間では不評だそうだ」

村上が、頷《うなず》いて続けた。

「国元の木材の殆《ほとん》どが、かつては領内のみで費消されていたのです。それを『飛騨屋』の先代が、江戸や名古屋に流通させたことで、藩も領民も大いに潤った。未《いま》だに恩を感じている者がいるのです」

しかし、十河藩出入りの材木商は『武州屋《ぶしゅうや》』が『飛騨屋』に取って代わった。

今さらどうしようもないことだった。

二

日の出前の薄暗い神田界隈《かいわい》を、出職の者たちが白い息を吐いて行き交っていた。

出仕する武家の姿もある。

棒手振《ぼてふ》りが走り、荷車が車輪の音を響かせていた。

日本橋に近いこのあたりは、いつも朝の暗いうちからせわしい。

「付添いは、御家人のご次男です」

六平太は二日前、神田の口入れ屋『もみじ庵《あん》』にそう言われた。

小普請組、安藤庄助《あんどうしょうすけ》の次男、竹之助《たけのすけ》の付添いだった。

年は十だが、深川堀川町の私塾に三日に一度通っているという。

塾への行き帰りに、これまで二、三度、町の浮浪児やならず者に金品を脅し取られたことがあるというので、親が付添いを依頼したのだ。

安藤家の組屋敷は、神田三川町にあった。

江戸城の神田橋御門から北に伸びた道に面していた。

道を挟んだ向かいには、大名、旗本の屋敷が威容を誇っていたが、安藤家は二百坪そこそこで、御家人の屋敷とすれば、並みだろう。

それでも、元鳥越の秋月家に比べれば、かなり広い。

安藤家の門から十三、四の少年が出て来て、六平太の横を通り過ぎた。

道着の袋を竹刀に下げて肩に担いでいるところを見ると、朝稽古《あさげいこ》に出かけたのだろう。

六平太は、少年と入れ替わりに門を潜《くぐ》り、応対に出た老家士に用向きを告げると、待たされた。

母屋は少なくとも四部屋はありそうだが、敷地の大半は畑のようだ。

御家人の台所はおおむね火の車だと聞く。

小普請組の役目など、あってないようなものだった。

三日に一度の倅《せがれ》の付添いに、二朱（約一万二千五百円）の出費は堪《こた》えるのではないか。

奥から少年が現れて、履物を履いた。

竹刀を担いでいた少年より三つ四つ年下のようだ。

式台に、四十ばかりの男が立った。当主の安藤庄助だろう。

「付添いの者かな」

植え込みの陰に立っていた六平太に眼《め》を向けた。

「秋月六平太と申します」

「見るところ、浪人のようだが」

「左様」

庄助はまるで品定めをするように、六平太の足元に向けた眼をゆっくり上へと動かした。

「竹之助を頼む」

庄助が、風呂敷《ふろしき》包を抱えていた少年に眼を移した。

「では父上、行って参ります」

竹之助が挨拶《あいさつ》すると、六平太を見ることなくすたすたと歩き出した。

安藤家の屋敷を出てから、竹之助は押し黙ったままひと言も声を出さなかった。

すっかり陽の上った永代橋近くに来た時だった。

「なぜ、わたしの前を行く」

背後で尖《とが》った声がした。

六平太が振り向くと、竹之助が、苛立《いらだ》ったように睨《にら》んでいた。

「浪人は仕える主家のない、所在不確かな身分ではないか。そのような者が、なにゆえ徳川家に仕える家柄のわたしの前を行く」

同じことを大人に言われたらむかっ腹も立ったろうが、威厳を保とうとする懸命さが、十ばかりの少年らしく、いじらしい。

つい笑いたくなったが、六平太はこらえた。

「深川は行き慣れたところでして、道案内をしようと」

「わたしは一年以上も通っている。案内は無用」

竹之助が、ちょこまかと先に立った。

口の端で小さく苦笑すると、六平太は後に続いた。

深川堀川町は、永代橋を渡って左に曲がる。

その一帯が佐賀《さが》町で、堀に架かった下の橋を渡って堀沿いを右に行った先が堀川町である。

「ここでよい」

六平太は、下の橋の手前で竹之助に止められた。

「迎えもここで待つように」

言い残すと、竹之助は橋を渡って行った。

六平太が眼で追うと、竹之助が堀沿いにある、色あせた板塀に囲まれた平屋に入って行った。

他に、十二、三ほどの少年が一人、二人と入って行ったところを見ると、そこが塾だろう。


六平太は、深川から木場に向かった。

元鳥越に戻ってひと休みする手もあるが、『飛驒屋』に顔を出すことにした。

「これはこれは秋月様」

「ささ、お上がりになって」

内儀のおかねと娘のお登世《とせ》が、笑顔で迎えてくれた。

塾通いの少年を五つ（八時頃）に送り届けて、迎えは昼の八つ（二時頃）だから、まるまる三刻（約六時間）も空くのだというと、

「それならお昼もうちで召し上がり下さいまし。ね、おっ母《か》さん」

「えええええ」

あまりの歓待ぶりに、六平太の胸がちくりと疼《うず》いた。

半分は、昼餉《ひるげ》を期待した訪問だった。

六平太がお登世に案内されたところは、中庭に面した部屋である。

顔見知りの台所女中が、火の熾《お》きた火鉢を置いて行った。

すぐに、おかねが茶を運んで来た。

「おっ母さんあのね、秋月様が付添った子供は堀川町の塾ですって」

「というと」

おかねは思案するように小首を傾《かし》げた。

「ほら、『錬成塾《れんせいじゆく》』よ」

竹之助が通う塾の名称だった。

「あそこはなかなか入るのが難しいそうですよ」

おかねが声を潜《ひそ》めた。

「塾に入る時の束脩《そくしゆう》が高いのかな」

「いいえ。それはどの指南所も、多くて三百文（約六千円）くらいだそうだから高いとは言えないの」

あっけらかんとお登世が言った。

『錬成塾』の手跡指南は若い浪人だが、元は西国の大名家に仕えた男らしい。

読み書きは勿論《もちろん》、算術、天文にも造詣が深く、異国の事情にも通じているようで、武家はおろか、商家の子弟までが押し掛けているという。

難しいのは、受け入れる人数に限りがあることだった。

「束脩は大したことがなくても、そのあとの掛かりやらなにやらに気を遣うらしいわよ」

お登世が密《ひそ》やかに言った。

「ほら、永代寺門前の『中津屋《なかつや》』さん」

「与八郎《よはちろう》さんのとこ？」

「女将《おかみ》さんが零《こぼ》してたもの。月並銭（月謝）はともかく、正月、盆暮れ、節句にもお酒やらなにやら届けなきゃならないなんて」

六平太には無縁のことだった。

「いいかな」

廊下で声がして、山左衛門《さんざえもん》が陽を浴びた障子を開けた。

「お邪魔しております」

六平太が軽く頭を下げた。

「お父《と》っつぁん、秋月様は『錬成塾』への付添いだそうよ」

「ほう、堀川町の」

山左衛門は知っていた。

「先日お話しした『武州屋』さんが、すぐ近くですよ」

「なるほど」

六平太が、湯呑に手を伸ばした。

「そういえば、三河の普請場に、十河藩が人を送り込むようです。江戸と国元から十数人」

「なるほど」

山左衛門が呟いた。

「秋月様、お昼はお任せくださいましね」

おかねが、お登世を促して部屋を出て行った。

「『武州屋』さんは先月のうちに、材木を舟で三河へと運び始めておられますよ」

山左衛門は承知していた。

『武州屋』が扱う木材の多くは、荒川の上流、秩父《ちちぶ》、熊谷《くまがや》あたりのものだという。

「しかし、それだけでは追いつきますまい」

「と、なると?」

六平太が、茶を飲みかけて、手を止めた。

「三河辺りの材木商から調達するか、それでも間に合わなければ、矢作《やはぎ》川、豊川《とよがわ》上流の山を買うしかありません。ですがこの時期、山の奥は雪が降ります。木の切り出しには難儀しますなぁ」

山左衛門の物言いは淡々としていたが、長年、木を扱ってきた者の重みがあった。


竹之助との待ち合わせは八つである。

『飛騨屋』を少し早めに出た六平太は、『武州屋』のある材木町を通って下の橋に行くつもりだった。

永代寺裏を、堀に沿って大川の方へ向かった。

富久町近くの堀に架かる丸太橋を渡った先が材木町だった。

『武州屋』はすぐに分かった。

多くの人夫が二手に分かれ、一団は材木を車に積み、もう一団は堀の舟から材木を岸に揚げていた。

『武州屋』から顔を出した手代が何ごとか言うと、軒下で待っていた男四人が、乗り物を出入口の正面に動かした。店の中から出た岩間孫太夫《いわままごだゆう》が乗り物近くに立った。

辺りを見まわした岩間が、堀端に立った六平太に眼を留めた。

すぐ後から出てきた留守居役の小松新左衛門《こまつしんざえもん》には、顎《あご》の骨の張った眉《まゆ》の太い男が寄り添っていた。

日本橋の料理屋『芋源《いもげん》』で見た顔だった。

名はたしか、伝兵衛《でんべえ》だ。

堀端の六平太の前に、岩間が足早に近づいて来た。

「この辺りになんの用だ」

普段、無表情の岩間の顔がいかめしい。

「このあたりには、三角屋敷とか網打場とか、面白い岡場所があるんだよ」

六平太が、笑みを浮かべて答えたが、岩間の顔はさらに険しくなった。

六平太が、『武州屋』の店構えにわざとらしく眼を遣《や》った。

「ほう、材木商『武州屋』か。ひょっとして、『飛騨屋』の後釜《あとがま》か？」

店先で小松に耳打ちされた伝兵衛が、首を伸ばして六平太の方を見た。

「出入りの商人くらい屋敷に呼びつければいいものを、ありがたい金主となると、留守居役自らお出かけか」

真昼間の往来でなければ、岩間は刀を抜いていただろう。

「じゃ、女が待ってるんで」

六平太は、軽く片手を上げてその場を後にした。

竹之助が足早に下の橋を渡って来た。
待っていた六平太に一瞥《いちべつ》もくれることなく、竹之助は永代橋へと急いだ。
六平太が追いついて横に並んだ。
俯《うつむ》きがちの竹之助の顔が引きつったように歪《ゆが》んでいた。
「どうした」
竹之助は答えようともせず、むしろむきになったように永代橋を渡りはじめた。
だがすぐに息苦しそうに口を開けると、大きく肩を動かして息を吸った。
それが、橋を渡る間に、二度、三度、繰り返された。
そのたびに足を止め、息を整えて歩き出すのだが、明らかに様子がおかしい。
「どこかで休もう」
箱崎橋を渡り切ったところで、六平太が声を掛けた。
一瞬足を止めた竹之助が、朝来た道を行かず、右に折れた。
「どこへ行く」
答えもせず、竹之助は進んだ。
迷うことなく角を曲がるところを見ると、初めて通る道ではなさそうだ。
浜町河岸を北へ進み、高砂町《たかさごちょう》で小路に入った。

まっすぐ西に向かえば人形町の通りがある。

「表で待て」

六平太を見ずにそういうと、竹之助が一軒の障子戸を開けて、中に入った。

閉められた戸に、『さしもの　梶助《かじすけ》』と書かれていた。

「こりゃ坊ちゃん、おしげは奥におりますよ」

戸の中から、おっとりとした男の声がした。

六平太がそっと戸を開けると、板張りの作業場で鑿《のみ》を使っていた男が顔を上げた。

「実は、竹之助さんの付添いで」

六平太が、名を名乗り、安藤家に雇われたいきさつを話すと、

「おれは梶助だ。まぁ、お入りなさいよ」

梶助は三十になるかならないかといったところだろう。

「遠慮なく」

六平太が、家の中に入ったとたん、

「坊ちゃん、どうなすったんですか」

甲高い女の声がした。

六平太と梶助が、顔を奥の方に向けた。

「十やそこらでも、いろいろ気に病むこともおありなんでしょう」

小さく微笑《ほほえ》むと、梶助が仕事に戻った。

細工を施された木を、見事に組み合わせる梶助の熟練の腕に六平太は見入った。

「坊ちゃんの付添いの方でしょうか」

いつの間にか出てきた女が、六平太を見ていた。

「女房のおしげです」

梶助が言った。

「坊ちゃんは帰るそうですから、よろしくお願いします」

おしげの声に促されるようにして、奥から俯いたまま出てきた竹之助が土間の履物に足を通した。


「大丈夫なのか」

六平太が、肩を落として先を行く竹之助に声を掛けた。

「なにがっ」

竹之助が突然、六平太に怒鳴った。

そしてすぐに顔を前に向けると、胸を張って歩き出した。

「人、肥えたるがゆえに貴からず」

竹之助は顔を空に向けて、何かを諳《そら》んじた。

「智あるを以て貴しとす。

人、学ばざれば智なし。

智なきを愚人とす。

倉の内の財は朽つることあり。

身の内の才は朽つることなし」

塾で教わった文言のようだ。

竹之助の声には、敢《あ》えて己を鼓舞するような響きがあった。

竹之助が突然立ち止まり、六平太を振り向いた。

「おしげの家に立ち寄ったことは、家の者には内密に」

六平太の返事も聞かず、竹之助は背を向けた。

三

竹之助を安藤家に送り届けた六平太は、再び高砂町へと向かっていた。

安藤家で、付添い料を差し出したのは庄助と共に現れた女だった。

庄助より十は若そうだが、庄助は、誰とも言わなかった。

「竹之助さんは、少々お疲れじゃありませんかねぇ」

六平太は、庄助に行き帰りの様子を聞かれて、そう答えた。

帰りがけの竹之助の異変、指物師の家に立ち寄ったことは黙った。

「若いうちは、疲れても少々の熱があっても乗り切れるものだ。その苦労が、いずれ身に着く。気遣いは無用じゃ」

庄助が、笑みを浮かべて悠然と言った。

その時、脇にいた女の顔にふっと影が射《さ》したのを、六平太は見逃さなかった。

六平太は、竹之助の帰りがけの異変も、女の様子も気になった。

指物師の女房なら、事情を知っているような気がして引き返したのだ。

事情が分かっていれば、今後の付添いにも対処が出来る。

「あぁ。竹之助様は今日、算術がうまく出来なかったそうです」

六平太が、家を訪ねたわけを言うと、おしげは快く答えてくれた。

「大工の倅に負けたのが悔しいと、さっきは半ベソをかかれたんですよ」

「なんだ、そういうことか」

鉋《かんな》を使いながら、梶助が小さく笑った。

「旦那《だんな》様とご一緒だったのが、ご新造様だと思いますよ」

おしげが言った。

「だが、当主より、かなり若かったが」

「ご新造様は、お雅《まさ》様と言って、後添えなんですよ」

おしげは竹之助の生母が五年前に死んだ後、安藤家に女中奉公をしていたという。

二年後に庄助は後添えをとり、その後一年ばかりして、おしげも梶助と所帯を持つことになって暇を取ったのだ。

「竹之助は後添えとうまくいっていないのかね」

「そんなことはありませんよ」

おしげは即座に返答した。

「お雅様はむしろ、二人のお子を大事に育てようと気を揉《も》むお人ですよ。後添えのせいでお子の気性が曲がることのないように、気を遣いすぎるってくらい気遣う人なんですよ」

お雅の生家は日本橋堀留の旅籠《はたご》だという。

口数こそ少ないが、温和な人柄で、以前、一度嫁いで一年で出戻った。

「竹之助様の様子がおかしいのは、疲れだと思います」

おしげが、ぽつりと洩《も》らした。

竹之助は、『錬成塾』に行かない日は別の手跡指南所に行っているという。

そこは神田和泉《いずみ》町で、屋敷からほど近いので一人で行き来していた。

竹之助には休みというものがなかった。

「それで時々、深川の帰りに立ち寄っちゃ、胸に溜《た》めたもんをこいつに吐き出すんですよ」

手を止めた梶助が、気遣わしげに言った。

「席次が下がると旦那様に叱《しか》られるからと、そのことにびくびくして、寝る間も惜しんで書物を読んだり、算術をしたりと、お可哀そうでね」

おしげが、細い息を吐いた。

「四日後には小浚《こさら》いを兼ねて席書があるとかで、そのことも竹之助様には気の揉めることのようです」

小浚いとは毎月行われる塾生の成果発表で、『庭訓往来《ていきんおうらい》』や『消息往来《しょうそくおうらい》』を師匠の前で暗誦する。

塾生がその場で一斉に習字をして展覧する会を席書というのだが、塾生の家族も参観してよいことになっていた。

『錬成塾』では年に一度の大浚《おおさら》いが年末に、席書が年に二度開催される。

「次の付添いは、席書のある四日後に」

安藤家を去る時、六平太は、庄助にそう言われていた。

「しかし、竹之助は次男坊だろう。なにもそこまですることはないように思うがねえ」

「次男だからですよ」

おしげが、小さく口を尖らせた。

「安藤家を継ぐのは長男の進太郎《しんたろう》様ですから、竹之助様は養子に行くしかありません。わたしが直に聞いたわけじゃありませんが、竹之助様によりよい家格のお家から養子に迎えられるよう、勉学に励めという旦那様の言いつけを、懸命に守っておいでなのだと思いますよ」

六平太は秋月家のたった一人の男児だった。

父の跡を継いで供番になる道を、なんの疑いもなく歩んだ。

養子先を見つける苦労もなく、ひたすら武術に励めばよかった口だ。

西日は松浦壱岐守《まつらいきのかみ》屋敷の屋根の向こうに沈んだばかりで、元鳥越界隈には明るさが残っていた。

六平太が秋月家の玄関を開けるとすぐ、

「一刻（約二時間）ばかり前、音羽《おとわ》から毘沙門《びしゃもん》の親方の使いが見えました」

奥から出てきた佐和が、思い詰めた顔で言った。

「なんでも、吾作《ごさく》という人が、刺されて怪我《けが》を負ったとかで」

入ったばかりの玄関から、弾かれたように六平太が飛び出した。

六平太は暗みを増していく道をひたすら急いだ。

音羽に着いた時はすっかり暮れて、桜木町から護国寺《ごこくじ》へ伸びる通りに灯《ひ》が灯《とも》っていた。

六平太が、毘沙門の家に駆け込むと、

「親方は吾作さんの店に詰めてます」

居残りの仁平《にへい》が、吾作は店の小部屋に寝かされているとも言った。

居酒屋『吾作』の提灯《ちょうちん》は消えていたが、店の中に灯《あかり》があった。

六平太が飛び込んだ。

醬油《しょうゆ》や味噌《みそ》の樽《たる》に腰掛けていたおりきと北町奉行所同心の矢島新九郎《やじましんくろう》が、顔を向けた。

「向こうだよ」

おりきが、顎で店の奥を示した。

六平太が奥に行くと、小部屋には甚五郎《じんごろう》と毘沙門の若い衆が居た。

布団に寝かされた吾作が、昏々《こんこん》と眠っていた。

「さっき来た医者は、今夜が峠《とうげ》だと」

甚五郎の声が、かすれていた。

ただの怪我ではなかった。

「いったい、誰が」

六平太の声もかすれた。

「弥治郎《やじろう》どもですよ」

甚五郎の声に怒りがこもっていた。

初手は四、五人だった弥治郎の一党も、今では十人ほどに膨らんでいた。

このところ、弥治郎のようなならず者たちが増えて、音羽界隈に睨みを効かせる甚五郎を悩ませていた。

「お前はここで見てろ」

甚五郎は若い衆に言って、腰を上げた。

六平太も、甚五郎に続いて店に戻った。

「六平さん」

おりきが、板場を指さした。

六平太が板場に首を伸ばすと、菊次《きくじ》が、土間に置かれた簀子《すのこ》に両膝《りょうひざ》を抱えて座りこんでいた。

菊次は、六平太をちらりと見ると、拗《す》ねたように背中を向けた。

外から店の戸が開いて、目明かしの徳松《とくまつ》がお八重《やえ》と、養母のお照《てる》を伴って入ってきた。

「これが、ここで働いているお八重で、こっちが母親のお照さんで」

徳松が新九郎に引き合わせた。

「こういう時になんだが、いきさつを聞かせてもらいたいんだ」

隣り合わせの卓にお八重とお照を掛けさせて、新九郎が席を移った。

六平太と甚五郎が、おりきと向かい合わせに掛けた。

「弥治郎の子分たちが、前々からからかいの声をかけてたってことは、お八重から何度も聞いてたんですよ」

黙り込んだお八重に代わって、お照が口をきいた。

卑猥《ひわい》な言葉も浴びせたという。

半月ばかり前の夜は、子分二人を連れて『吾作』にやってきた弥治郎が騒ぐので、吾作が怒鳴った。

金は要らないから出ろ、と。

「そこでひと悶着《もんちゃく》あったそうです」

お照が言った。

「矢島の旦那、ここが、毘沙門の親方と懇意の店だと知りながら、弥治郎らは言いがかりをつけに来たんじゃありませんかねぇ」

甚五郎が、ふっと眼を閉じた。

「お八重ちゃん、今日のこと、話せるかい」

八重が、新九郎に頷いた。

「昼過ぎに、おじさんに言われて味噌を買いに出たんです」

その帰り道、弥治郎の子分たちと出くわして、からかわれたという。

子分たちが塞《ふさ》いだ道をなんとか通りぬけようとした時、買ったばかりの味噌を落とした。

「店に戻っておじさんに話したら、何も言わないでそのまま店を出て行って、一刻経《た》っても戻らなくて——」

八重が、唇を噛《か》んで俯いた。

「清土《せいど》村の百姓が駆け込んで来まして、畑ん中に人が血まみれで倒れてるっていうんで駆けつけましたら、吾作さんで」

徳松が新九郎に言い添えた。

弥治郎の塒《ねぐら》は清土村の荒れ家だった。

恐らく吾作はそこに乗りこんで、刺されたに違いなかった。

外から戸が開いて、毘沙門の若者頭の佐太郎《さたろう》が六助《ろくすけ》ら若い者四人を引き連れて入り込んだ。

「手分けして探しましたが、弥治郎も子分どもも音羽から消えたようです」

佐太郎に頷いた甚五郎の顔に、ひと際険しさが増した。

「親方、吾作さんがっ」

奥から顔を出した若い衆が叫んだ。


眼を閉じた吾作の息遣いが細くなっていた。

二畳ばかりの部屋には、甚五郎と八重、そしてお照が座った。

六平太とおりきは、部屋の外の土間に立った。

「吾作さん」

お照の声に、吾作は応《こた》えない。

「おじさん」

八重が声をかけると、吾作の眼がうっすらと開いた。

その眼は、虚空を見ていた。

布団の外に出ていた吾作の右手がそろりと動いた。

その手がゆるゆると虚空に伸びて、何かを摑《つか》もうと指が動いた。

「小春《こはる》、――すまねぇ」

微《かす》かな声を洩らした吾作の手が、力を無くしてぱたりと布団に落ちた。

甚五郎が、その手を取って脈を診た。

六平太とおりきに顔を向けた甚五郎が、小さく首を横に振った。

「菊次、こっちへ来い！」

六平太が、大声をあげた。

すっ飛んで来た菊次が、部屋の外で立ちすくんだ。

甚五郎が吾作の顔に白い手拭《てぬぐい》を掛けると、菊次の首ががくりと折れた。

四

翌日の午前、吾作の亡骸《なきがら》は目白不動《めじろふどう》に近い蓮華寺《れんげじ》に葬られた。

神田上水の水音の届く墓地だった。

弔いの後の昼下がり、甚五郎、菊次、六平太、おりきが、主《あるじ》の居ない店に集まった。

居酒屋『吾作』で修業して、十年以上前に独り立ちした料理人が、四人の為《ため》に料理を作って、帰って行った。

吾作仕込みの料理を肴《さかな》に酒を飲んだが、四人の口は重かった。

甚五郎が、ことりと音を立ててぐい呑《の》みを置いた。

「弥治郎どもの行方は探し出しますよ。江戸四宿、浅草、両国、知り合いに頼んで、なんとしても探し出します」

　自分に言い聞かせるような口ぶりだった。

　甚五郎ならそれくらいのことはやれるだろう。

「お八重ちゃん」

　菊次が、戸口を見て呟いた。

　俯きがちの八重が入って来た。

　四人の居る卓のそばに来ると、小さく頭を下げた。

　菊次が、気を利かせて八重に席を譲ると、自分は隣席の樽に腰掛けた。

「どうしたね」

　甚五郎が声を掛けた。

「昨夜、吾作のおじさんが、今際《いまわ》の際に小春って名を口にしたんです」

　六平太もおりきも甚五郎も、聞いた。

「おじさんがどうして、わたしの生みの母親の名を呼んだのか、今日、弔いの後おっ母さんに聞いたんです」

「お照さんがおっ母さんじゃないのかい」

　菊次は八重の生い立ちを知らなかった。

「生みの親はわたしが三つの時に死んだの。その後、今のおっ母さんに引き取られたことは聞いてました」

音羽の妓楼山木楼《ぎろうやまきろう》で小春の朋輩だったお照が、八重を引き取って育てたのだ。

「生みの親と吾作のおじさんの間には、昔、関わりがあったことを、知りました。そのこと、親方も知ってるんですってね」

「あぁ。知ってたよ」

「わたしも、六平さんから聞いたよ」

八重を見て、おりきが小さく頷いた。

「いったい、なんのことですか？」

腰を浮かせた菊次が、六平太や甚五郎を睨むように見た。

「二十年も前、生みの母と吾作おじさんは、好き合った仲だったの」

菊次が、息を飲んだ。

音羽に流れ着いた吾作は、山木楼の小春と相惚《あいぼ》れとなった。

しかし、所帯を持とうにも、吾作には小春を落籍《ひか》す金などない。

そのうち、小春に身請け話が舞い込んで、仕方なく骨董屋《こっとうや》に囲われたのだ。

二年後、小春は八重を生んだ。

だが、八重が三つの時に小春が死んだ。

骨董屋が八重を残されて困り果てていることを知った吾作は、貰い受けたいと頭を下げた。

だが、骨董屋は断った。

吾作に定職がないこと、女手のないことがその理由だった。

骨董屋は、八重の行く末に心を砕いていた。

吾作の思いを知った山木楼の内儀が、既に小唄《こうた》の師匠として独り立ちしていたお照に話をすると、

「小春とは仲よしだったからさ」

お照が、そう言ってすんなり請け負った。

以来、八重はお照の娘として今日まで過ごして来たのだ。

「吾作おじさんがそういう人だったのだと、今日初めて知りました。知ってれば、もっと、もっと他の口の利きようもあったのに――」

八重が、そっと目じりを拭《ふ》いた。

「そういうことだったのか」

かすれた声を出した菊次が、細く長い息を吐いた。

「わたしは、知らなかった方がよかったと思うよ」

おりきが優しい眼を向けた。

「お互いが昔のことを知ってりゃ、かえって気詰まりだったよ。あんな風にぽんぽん

言い合うことなんか出来なかったと思うよ」

「おりきさんの言うとおりだ」

　甚五郎が続けた。

「『吾作』の親父《おやじ》がここで店を持ったのは、惚れた女の娘の行く末を見守りたい一心だが、それはあくまでそっとだ。昔のいきさつをお八重ちゃんに知られることなく、あくまで、そっとなんだよ」

　うんうんと小さく頷く八重の眼から、涙があふれた。


　陽が落ちてから、小日向水道町《こびなたすいどうちょう》のおりきの家に菊次が現れた。

　六平太とおりきが、長火鉢で向かい合い、目刺を焼きながら燗酒《かんざけ》を飲んでいる時だった。

「飲むか」

　六平太が聞くと、菊次がこくりと頷いた。

「漬けものもあるから、出すよ」

　おりきが台所に立った。

　六平太が、菊次に注《つ》いでやると、くいと飲んだ。

「なんだか萎《しお》れてるね、菊次」

漬けものを容《い》れた丼《どんぶり》を置いて、おりきが声を掛けた。

菊次を居酒屋『吾作』から遠ざけた裏に、吾作のなみなみならぬ八重への思いがあったことを、知ったばかりだった。

「『吾作』の親父は、おめぇがお八重ちゃんに思いを寄せてるから店へ来るなと言ったんじゃねぇよ」

「そうかな」

菊次が、首を捻《ひね》った。

「おめえに、手に職のない者は、なんて言い方をしたろう。あれが本心だ」

菊次が、きょとんとした眼を向けた。

佐和と諍《いさか》いを起こした六平太が、夜遅く音羽に来たことがあった。

おりきを起こすのを遠慮して、居酒屋『吾作』に一晩の宿を頼んだ。

その夜、六平太は初めて、吾作と酒を飲んだ。

「菊次は若い時分のおれに似てるって、親父がそう言ったよ」

菊次が酒を注ぐ手を止めた。

「親父も、若い時分は恐いものなしで意気がってたそうだ。ほんとは恐いのに、それを周りに知られたくなくて、無理して尖ってみせてたってな」

「へぇ、そんな話をしたのかい」

おりきが、目刺を小皿に取り分けながら呟いた。

「若い時分はいい。だが、いつか尖りが通用しなくなる時が来る。その時、手に職さえあれば、人並みに生き延びられる。親父はおめぇに、そう言いたかったんだよ」

菊次が、項垂《うなだ》れた。

胡坐《あぐら》をかいた足に眼を落としたまま、置き物のように動かなくなった。

五

音羽から元鳥越に帰った翌朝、六平太は神田三川町の安藤家に行った。

式台から奥に声を掛けるとすぐ、竹之助と共に庄助が姿を見せた。

ふたりのうしろには、お雅が控えめに従っていた。

「今日予定していた用事が日延べになったゆえ、席書にはわたしが同行することにした」

紋付袴《はかま》の庄助が、なんの愛想もなく言った。

「それじゃ、わたしはお役御免ということで？」

「引き取ってくれて結構」

庄助が草履を履くと、緊張気味の竹之助も続いた。

年に二度の席書は、塾生にも師匠にも晴れの日だった。

塾生の親なども来るので、寺の本堂を借り切ることもあるようだ。

「義母上《ははうえ》、行って参ります」

弱々しい声でいうと、竹之助が庄助に続いて門を出た。

「それではわたしも」

六平太が、軽く会釈して門に向かい掛けると、はぁと、お雅が深いため息をついた。

「竹之助様は、毎夜毎夜遅くまで起きておいでなんですよ」

門を向いたまま、お雅が気遣わしげに言った。

「夜中、布団に入ってからうなされた声を聞いたこともありまして」

お雅が、またため息をついた。


冷気を含んだ風が堀を渡って六平太の背に当たっていた。

だが、六平太の身体《からだ》は火照っていた。

朝、安藤家を出た六平太は、四谷にある相良《さがら》道場に行って、若い門人と一刻ばかり竹刀を交えていた。

稽古の後、道場主の相良庄三郎《しょうざぶろう》と昼餉を共にしての帰りだった。

陽はいくぶん西に傾いていた。

時刻は八つといったところだろう。

六平太は、筋違《すじかい》御門から日本橋へと向かった。

「秋月の旦那」

小路から出てきた目明かしの藤蔵《とうぞう》が、足を止めた。

「付添いですか」

八丁堀の矢島新九郎の役宅を訪ねるつもりだというと、

「矢島の旦那は、湯屋に行った後、奉行所に行かれましたが」

「おれが奉行所まで行くわけにもなぁ」

「なんなら、そこの自身番で白湯《さゆ》でもどうですか」

藤蔵が行く手を指した。

藤蔵は、日本橋、神田界隈を受け持つ御用聞きだ。

住まいも、近くの上白壁町にあった。

「音羽では、お知り合いが痛ましいことでしたねぇ」

自身番に行くと、藤蔵が軽く頭を下げた。

死んだ吾作のことだった。

「こちらに白湯を」

藤蔵がいうと、詰めていた町内のじいさんが白湯を注いでくれた。

「弥治郎って野郎のことは、矢島の旦那に言いつかって、江戸中の御用聞きにも触れを回しましたから、そのうちどこかで引っ掛かりますよ」

藤蔵が慰めるように言った。

新九郎に弥治郎探しの進展具合を聞くつもりだったが、その用はここで済んだ。

だが、ひとつ気になることがある。

役人の網にかかる前に、甚五郎が弥治郎を見つけ出すことも考えられる。

その時、甚五郎がどう出るか、それが気掛かりだった。


「秋月さん、いったいどこをどうほっつき歩いていたんですか」

神田岩本町の口入れ屋『もみじ庵』の親父、忠七《ちゅうしち》が眼を吊《つ》りあげた。

「元鳥越のお宅に使いを遣ったらあなた、お妹さんが、兄さんは付添いに出たままだと、こう仰《おっしゃ》るじゃありませんか」

「いや、今日の付添いを断られてな」

自身番の前で藤蔵と別れた六平太は、そのことを知らせに立ち寄ったのだ。

「それは知っています。実はさきほど、安藤家から使いが来ました」

忠七が神妙な顔をした。

「何か、おれに文句でもあったのか」

「御子息の竹之助様が、席書のあった料理屋から黙って姿を消したというんですよ」

　忠七が密やかに言った。

「昼を過ぎても屋敷に戻らないので、付添いの秋月さんがなにか御存じじゃないかと、お尋ねに」

「知るわけないだろう」

　六平太が、口を尖らせた。

　だがすぐに、思い当たった。

　忠七には何も言わず、『もみじ庵』を出た六平太は、その足を日本橋高砂町に向けた。


「ごめんよ」

　指物師、梶助の家の戸を開けると、作業場に梶助の姿はなかった。

　奥から顔を出したおしげが、

「竹之助様でしょう?」

　声を潜めて、奥を指した。

「旦那様の眼を盗んで、料理屋から逃げて来たって仰るんですよ」

　おしげに促されて、六平太が奥の部屋に上がった。

　狭い庭に面した部屋は、障子が閉め切られて薄暗い。

鉄瓶の載せられた丸火鉢の横に、竹之助が蒼白《そうはく》な顔で俯いていた。

「よぉ、どうした」

六平太が声を掛けると、竹之助はもぞもぞと背を向けた。

「どうあっても、お屋敷には帰らないなんて」

おしげが、不憫《ふびん》そうな眼を竹之助に向けた。

「どうもね、今日の席書の後、小浚いの席次が張り出されて、それが七番目だったとかで」

「結構な席次じゃないか」

相良道場で席次が七番と言えば、かなりの使い手と言える。

「春の席次より、二番下がったっ」

背を向けたまま、竹之助が吐き出すように言った。そしてすぐに、

「父上に叱られる」

竹之助が声を落とした。

「父上は、わたしをお嫌いなのだ」

「そんなことはありませんよ」

おしげが、まるで叱るように声を掛けたが、竹之助は二度三度、首を横に振った。

「安藤家を継ぐのは兄上だ。わたしは家を出なければならない。それは、武家に生ま

れた者の宿命だから、まだ我慢出来る」

竹之助の丸まった背中には、子供ながら、意地というものが窺《うかが》えた。

「でも、父上はわたしを商人にしようとしてお出《い》でだ」

「ほんとうですか？」

おしげが素《す》っ頓狂《とんきょう》な声をあげた。

「わたしがどうして、武家の養子ではいけないんだっ」

身体を回した竹之助が、縋《すが》るようにおしげを見た。

「武士の子として、わたしでは物足りないとお思いなのだ。お前は、武家として立ちゆかぬと諦《あきら》めておいでなのだ。わたしは、見限られたも同然なんだ」

唇を嚙むと、竹之助はがくりと項垂れた。

「お連れしたぜ」

作業場の方から、梶助が顔を出した。

梶助が作業場に引っ込むと、朝と同じ紋付袴姿の庄助が現れた。

「久しいな、しげ」

「旦那様」

おしげが手を突いた。

庄助が、ゆったりとした動きで庭に面した障子を少し開けた。

くした。

「ほう、寒椿《かんつばき》か」

庭の片隅に植えられた椿の木が、六平太の眼にも飛び込んだ。

障子を閉めた庄助が間近に座ると、竹之助は青ざめ、金縛りに遭ったように身を固くした。

「竹之助、これはなんとしたことか」

竹之助は、俯いたまま顔を上げられない。

「旦那様、竹之助様は、先行きのことでお苦しみのようで」

遠慮がちにおしげが口を開いた。

そして、先刻、竹之助が口にした思いを代弁した。

庄助が、天を仰いでふうと息を吐いた。

鉄瓶の湯が、ちんちんと音を立てはじめた。

「商人にというのは、竹之助の先々のことを思ってのことだ」

庄助の声は、静かに落ち着いていた。

「当節の武家は、当家に限らず、御家人の多くが窮乏している。多くの大名家、ご公儀にしても、財政には苦労が絶えず、札差《ふださし》、両替屋、出入りの商人からの借入金に頼る有様だ」

安藤家の暮らしはつましいものだった。

屋敷の敷地内に畑を作り、鶏を飼い、家計を切り詰めていた。

「そんな当家に後添えとして入ったお雅は、よくやってくれている。単に、幼い子供たちの母親代わりにと思っていたが、わずかな俸禄《ほうろく》に文句も言わずやりくりをしてくれる」

家の掛かりが重なって逼迫《ひっぱく》すると、お雅は輿入《こしい》れの持参金を切り崩して事なきを得たという。

六平太は、竹之助を気遣ったお雅の顔を思い浮かべた。

「ところが、持参金と言っていたのはお雅の偽りだった」

六平太が、思わず庄助を見た。

おしげも怪訝《けげん》そうな顔をした。

「暮らし向きの金が足りなくなると、その都度実家から用立ててもらっていたのだと、後で知った。これには、腹が立つよりなにより、己の情けなさに身が震えた」

お雅の実家は、そこらにあるような並みの旅籠だった。

庄助は苦笑を浮かべた。

「お雅の親は、困窮する娘のために、一両二両をすっと、わけもなく用立てられるのだ。武家が、士農工商の筆頭だとふんぞり返っている間に、士はおちぶれ、商に支えられていたのだと、思い知らされた。安藤の家をなんとか持ちこたえさせていたのは当主のわしではなく、お雅だった」

庄助が大きく息を継いだ。

「今の武家はなんとみじめなものか。竹之助には武家の養子より、商家に行く方が本人のためではないかと思った」

読み書きは勿論、算術をものにすれば商家に奉公出来る。

あるいは婿に望まれることもある。

「決して、竹之助を疎んじていたわけではない。武家の悲哀を味わうことのない道もあろうかと考えたのだ」

父の言葉を聞いた竹之助の眼から、はらりと滴が落ちた。

「しかし、それでは、わたしの代わりに、家を継ぐ兄上が武家の悲哀を――」

竹之助が、庄助を見て唇を噛んだ。

「いや。今のままでは、そう遠くなく武家の世は」

庄助が、後の言葉を飲み込んで、苦笑いを浮かべた。

武家の世がなくなるのは、そう遠くないのだと言おうとしたのだろうか。

六

翌日は、朝から厚い灰色の雲が空を覆っていた。

六平太が、正面から吹きつける風を切り裂くように音羽へと急いでいた。

元鳥越の家に、今朝早くおりきの使いが訪ねてきた。

「すぐに音羽にお出で願いたい。毘沙門の動きが妙」

使いに立った妓楼の若い衆が、そう告げた。

毘沙門の動きが妙――。

六平太に閃《ひらめ》くものがあった。

恐らく、毘沙門の甚五郎は弥治郎の居処《いどころ》を摑んだに違いない。

五つ少し前、音羽に着いた。

おりきの家には寄らず、六平太は桜木町の甚五郎の家に飛び込んだ。

菊次ら若い衆が輪になったその中で、佐太郎が、脇差《わきざし》を手にした甚五郎を懸命に宥《なだ》めていた。

「親方、弥治郎をみつけたね」

六平太に気付いて、菊次たちの輪がほどけた。

「秋月さん、わたしらも一緒にというんだが、親方が聞いて下さらねぇんですよ」

佐太郎が六平太に訴えた。

「親方の代わりに、おれが行くよ」

「いえ、そういうわけにはいきません」

甚五郎が、頭《かぶり》を振った。

「親方は殺《や》る気だろう」

甚五郎が何も答えないことで、心底が知れた。

甚五郎が弥治郎どもに引けを取るとは思えない。喧嘩沙汰《けんかざた》の挙げ句に人を叩き斬《たたき》れば、ただではすまないのだ。

「もし、親方が役人にひっ括《くく》られることになれば、毘沙門一党が立ちゆかなくなるんじゃありませんか。そうなったら、若い衆が」

「いや、おれらがどうなろうと、それはどうでもいいんですよ秋月さん」

佐太郎が静かに割り込んだ。

「親方一人に行かせて、万一のことがあれば悔やむのはおれらです。だから、一緒に乗りこませてくれと、そう頼んでるんですよ」

若い者にそこまで言わせたのは、甚五郎の人徳だ。

「それを聞いたら、ますます、おれ一人で行くしかないようだ」

「いいえ。秋月さんになにかあったら、おりきさんや元鳥越の妹さんに申し訳がたちません」

甚五郎の言葉に、毘沙門の連中が頷いた。

「なあに、おれ一人いなくなっても困る者はいないよ」

「そんなこたぁねぇよ」

菊次の尖った声がした。

だが、毘沙門一党に万一のことがあれば、音羽界隈が無法者に乱され、それこそ護国寺だって困ることになる。

「おれに任せてもらいたい」

六平太が、ひたすら言い張ると、甚五郎が折れた。

「おれを連れて行ってもらいてぇ」

菊次が、六平太の前に進み出た。

甚五郎が、六平太に小さく頷いた。

付添いで何度も足を踏み入れたことのある駒込《こまごめ》一帯は、六平太には庭同然だった。

弥治郎が隠れているのは、飛鳥山《あすかやま》の東、一本杉神明宮近くの荒れ家だと甚五郎は言った。

音羽を出て王子稲荷《おうじいなり》の門前まで、一刻かかった。

一本杉神明宮は、ここから少し歩いたところにある。

「菊次、腹ごしらえをするぞ」

菊次が、黙って頷いた。

隠れ家に押し込んでも、弥治郎がいなければ無駄足となる。

荒れ家に居ることを確かめるまで、しばらく様子をみなければならない。

門前にある茶店に入り、菊次と向かい合った。

「兄ィ」

音羽から黙り込んでいた菊次が、ぽつりと口を開いた。

「音羽を出る時、おりき姐《ねえ》さんの家に立ち寄ったのは、別れを言うためじゃねぇんでしょ？」

菊次が不安そうな眼を向けた。

「おれが、弥治郎どもにやられるとでも思うのか」

「そうじゃねぇけど」

「音羽に面を出したことを知らせねぇと、おりきは後が恐ぇからな」

「あぁ」

菊次が、得心したように頷いた。

海苔《のり》の風味の効いたいそべ餅《もち》を食べ終えると、茶店を出た。

一本杉神明宮の東は畑地である。

灌木《かんぼく》のかたまりもあれば、葉を落とした欅《けやき》も数本そびえ立っていた。
四、五軒固まった百姓家から、半町（約五十四メートル）ばかり離れた雑木林の中に、朽ちた百姓家が見えた。
六平太と菊次は、木陰に身を隠して七、八間（約十五メートル）先の荒れ家を窺った。

軒下の隙間《すきま》から煙が洩れ出ている。

中に人が居るのは確かだが、果たして弥治郎が居るかどうかだ。

四半刻《しはんとき》（約三十分）が過ぎた。

突然、荒れ家の中で物のぶつかる音がした。

何人かの怒鳴り声もあがった。

中から荒々《あらあら》しく戸が開いて、男が一人転がるように飛び出して来た。

男二人がすぐに出てきて、足をもつれさせている先に出た男の襟首と帯を摑んで地面に引き倒した。

「弥治郎んとこの若いもんです」

菊次が囁いた。

「今んなって仲間を抜けようなんて、ふざけるなっ」

追いついた男の一人が、倒れた男の脇腹に蹴《け》りを入れた。

「見逃してくれよぉ」

倒れた男は呻《うめ》いたが、男二人は容赦なく蹴り続けた。

荒れ家の中から、どてらを羽織った男がのそりと出てきた。

「弥治郎だ」

今にも飛び出しそうな菊次を、六平太が抑えた。

「死んだか」

弥治郎が、倒れている男を見おろした。

「気を失っただけです」

弥治郎は頷くと、

「こいつに動きまわられるとやばい。ふん縛って納屋に放り込んでおけ」

言い置いて、家の中に戻った。

男二人が、倒れた男の手首を摑んで裏手に引きずって行った。

「菊次、おれから離れるな」

木陰を飛び出すと、六平太が荒れ家の戸口へと走った。

菊次と共に土間に踊り込むと、囲炉裏で胡坐をかいていた弥治郎の眼がカッと見開いた。

「弥治郎てめぇ！」

菊次が叫ぶと、弥治郎が傍らの刀を摑んで抜き放った。

六平太が、素早く駆け上がって自在鉤《じざいかぎ》の棒を切り落とした。

掛かっていた鉄瓶が火の上に落ちて、灰神楽《はいかぐら》が立った。

やみくもに刀を振りまわす弥治郎の横に回り込んだ六平太が、太股《ふともも》の後ろに峰を返した刀を叩き入れた。

「あっ」

ぐぎっ、鈍い音がして、弥治郎が前のめりに這《は》いつくばった。

男二人が土間で棒立ちになっていた。

「おめぇら、おれとやり合うか」

六平太が切っ先を向けた。

ごくりと息を飲んだ男二人が、あたふたと表に飛び出した。

刀を鞘に納めた六平太が、ふっと振り向いた。

倒れて呻いている弥治郎の傍に、菊次が片膝を立てていた。

「菊次やめろっ」

駆け寄った六平太が、懐の匕首を抜いた菊次の手首を摑んだ。

「吾作の親父の仇《かたき》を」

菊次が呻いて、縋るように六平太を見た。

「おめぇを人殺しにはさせねぇよ」

六平太が、菊次の手から匕首をもぎ取ると、鞘に差し込んだ。

その時、人影が二つ、土間に駆け込んで来た。

矢島新九郎と目明かしの徳松だった。

「ここから逃げてきた野郎と出くわしましたから、二人ともうちの若い者がふん縛りました」

徳松が表の方を示した。

「裏の納屋にもう一人いるぜ」

六平太がいうと、徳松が外に顔を出して指示を飛ばした。

「これが弥治郎ですか」

新九郎が片膝を突き、腹ばったまま激痛に顔を歪めている弥治郎を見た。

徳松が、弥治郎の腕を後ろに回して縛りはじめた。

「この場所を徳松に知らせたのは、音羽のおりきさんだとか」

新九郎が六平太を見た。

「秋月さんに頼まれたから、矢島様に伝えてもらいたいと、ええ」

徳松が相槌《あいづち》を打った。

「じゃ兄ィ」

菊次が、口を半開きにした。

音羽を出る時、おりきの家に立ち寄って、徳松への言付けを頼んでおいたのだ。

「秋月さんに分別があって幸いでした。人殺しとしてひっ括ることだけはしたくありませんからねぇ」

新九郎が、からかうように言った。

苦笑いした六平太が、頭の後ろをぽんと叩いた。

七

坂の上の、雲の切れ間から西陽が射していた。

雑司《ぞうし》ヶ谷《や》に向かう六平太は、その陽を正面からまともに浴びていた。

六平太と菊次が音羽に戻ったのは、目白不動の時の鐘が八つを打ちはじめた頃だった。

桜木町の甚五郎を訪ねて弥治郎の一件を伝えると、すぐに辞去した。

六平太は、その足で小日向水道町のおりきの家に行った。

「無事でなにより」

髪結い道具の手入れをしていたおりきが、小さな笑みを浮かべてねぎらった。

そしてすぐ、

「昼過ぎに、雑司ヶ谷の作蔵《さくぞう》さんが見えたんだよ」

作蔵は、六平太が近々音羽に来るかと聞きに来たという。

『八王子の穏蔵《おんぞう》が来ている』という言付けを、おりきに託していた。

おりきの家で四半刻ばかり休んで、六平太は作蔵の家を目指したのだ。

「あの子に会いに、わざわざ出掛けるなんて、いったい何ごとだい」

出がけに、おりきから声を掛けられたが、曖昧《あいまい》な返答をしてしまった。

六平太は先月、穏蔵のことで養父の豊松《とよまつ》が思い悩んでいると、作蔵から聞いていた。

穏蔵は江戸で働きたいという思いを抱いているらしい。

今度折りがあれば、穏蔵を江戸に同行するようにと、作蔵を通じて豊松に伝えてあった。

雑司ヶ谷の作蔵の家は代々百姓である。

死んだ父親が始めた竹細工が評判を取って、作蔵も竹細工師になった。

畑もあって、芋や豆、青物も採れるが、実入りの多くは作蔵の細工物に拠っていた。

「穏蔵は、うちの弥吉《やきち》と遊んでますから、すぐ呼んできます」

家に着くと、作蔵は、六平太を作業場に案内した。

囲炉裏のある所では、女房や弥吉も居て、ろくろく話も出来ないだろうとの気配りである。

穏蔵は、豊松の名代で日本橋の生糸問屋に行く奉公人に連れて来られたという。

作蔵が、火鉢に炭を足して出て行った。

しばらく待つと、穏蔵が一人、入って来た。

軽く会釈して、六平太の向かいに座った。

「いつまでいるんだ」

「明後日の朝、発《た》ちます」

穏蔵は、六平太の顔を見ずに答えた。

「お前、江戸で働きたいのか」

穏蔵が、顔を俯けた。

「江戸で、何をするつもりだ」

「それは、まだ――」

消え入りそうな声だった。

「なんでまた、江戸でなんぞと思ったんだ」

俯いたまま、穏蔵が首を捻った。

「豊松さんは、穏蔵は秋月さんのことが気に掛かってるんじゃないかと、ぽつりと言ってました」

先月会った時、作蔵がそう言ったことを思い出した。

豊松は作蔵に、それ以上のことは口にしなかったという。

「いいか。お前は、豊松さん夫婦の一人息子だ。ゆくゆくは家業の養蚕を継ぐのが筋じゃないのか」

穏蔵が、顔をあげてまっすぐ六平太を見た。

「おいらはなにも、お父っつぁんやおっ母さんが嫌でも、お蚕仕事が嫌でもないんです」

そのことに嘘《うそ》はなさそうだ。

「ただ、おいら、八王子しか知らなかったけど、何度か江戸に来るうちに、なんか、わくわくして、江戸だったら、ほかに面白いことが出来そうな気が――」

たどたどしい物言いだったが、本音に近いのだろう。

「そりゃ、江戸は華やかで賑《にぎ》やかだ。その分、厳しいこともあるんだ」

そんなことは、長年江戸の風に吹かれた者の言い分だ。

十二ばかりの子供に分かるはずはなかった。

「お前、自分の身の上は知ってるだろう」

稔蔵が、小さく頷いた。

「おっ母さんが死んで、三つで、お前は一人になった」

その責任の一端は六平太にもあった。

「おっ母さんと、たまたま知り合いだったおれが、作蔵さんのお父っつぁんに頼んで養子の口を見つけてもらったんだ。それが、豊松さん夫婦だ。お前、二人には可愛《かわい》がられたんだろう？」

「はい」

稔蔵の声がかすれていた。

「他人の子を引き取って、我が子として大事に育てた八王子のお父っつぁんおっ母さんの苦労を思や、家を出たいなんぞ言えた義理じゃねぇよ」

稔蔵が、大きく息を吸った。

「一度、江戸で働いて、三、四年して八王子に戻るっていうのは――」

「そんな、腰掛け仕事をしようなんて奴、どこの誰が雇ってくれると思うんだ」

半ば叱るような声だった。

非情と思われようと構わなかった。

外光を抱えていた障子から、いつの間にか光が消えていた。

「じゃ、おれは」

六平太が立ち上がった。

「おじちゃん」

穏蔵が、六平太を見上げた。

「おじちゃんは、おっ母さんの知り合いだったね」

「あぁ」

「そしたら、おいらのお父っつぁんを知っているのかい」

穏蔵の視線が、六平太の顔に突き刺さっていた。

「生憎《あいにく》おれは、知らねぇんだ」

六平太は、急ぎ部屋を出た。


すっかり暮れた音羽の通りに、明かりが煌煌《こうこう》と灯っていた。

道の両側に雪洞《ぼんぼり》が立ち並び、軒下の提灯が風に小さく揺れていた。

「いつ戻るか分からないから、晩の支度をしなかったんだよ」

六平太が雑司ヶ谷から小日向水道町に戻ると、おりきがそう言った。

どちらが言い出したわけでもなく、二人の足は自然と、音羽の通りから一本西の小路に入った。

八丁目に差しかかったとき、二人が、思わず立ちすくんだ。

居酒屋『吾作』に提灯がなかった。

店の中にも明かりはなく、息を止めたように静まりかえっていた。

「つい、来てしまったね」

ふふと、おりきが苦笑した。

六平太が、まるで逃げるように七丁目の方へ歩き出した。


蕎麦屋《そばや》はがらんと空《す》いていた。

何度も来たことのある店だ。

卓に並んだ煮しめや板わさなどを肴に、六平太とおりきが銚子を傾けていた。

「穏蔵って子と、何を話して来たのさ」

おりきが、焼き鮒《ふな》に箸《はし》をつけながら聞いた。

「穏蔵が江戸に出たいと言い出したんで、ちょっと意見をしただけだ」

「ふうん」

おりきが、盃《さかずき》を口に運んだ。

「なんだよ」

おりきの、気のない声が、六平太は妙に引っ掛かった。

「けど、なんだって六平さんが他人の子に意見をするお役目を引き受けるんだい」

「うん。ま、あいつが小さい時分から知ってるし、養子に出す算段をしたのもおれだ」

「穏蔵は、六平さんの子じゃないのかい？」

卓に両腕を重ねて置いたおりきが、じっと見ていた。

六平太は眼をそらすと、黙ってするめを口にした。

「前々から、どうも、そう見えて仕方がないんだよ」

咎《とが》めるような言い方ではなかった。

おりきが、銚子に手を伸ばすと、空になった六平太の盃に黙って注いだ。

「うん」

六平太が、喉《のど》の奥から声を出した。

「おれが昔、板橋の女に産ませた」

六平太が、酒をひと息で飲んだ。

「十河藩を追われて、自棄《やけ》になってあちこちの盛り場でばかなことを繰り返していた時分だよ」

穏蔵の母はおはんと言った。

その時分、六平太にとって都合のいい女は他にもいたが、おはんが身ごもったのだ。

「水子にするんだな」

六平太は突き放したが、おはんが承知しなかった。

何度も揉めた挙げ句、六平太は板橋から去った。

「おれは、逃げたんだ」

おりきが、黙って自分の盃に酒を注いだ。

当時の六平太は、所帯を持つ気も、その甲斐性《かいしょう》もなかった。

一年ばかりあちこちほっつき歩いていた六平太が、昔なじみを訪ねて板橋に立ち寄ったついでにおはんの様子を見に行くと、男児を生んでいた。

それが、穏蔵だった。

千住《せんじゅ》を根城にしていた六平太は、時々板橋に顔を出し、たまには金もわたした。

二年が経ったころだった。
二、三ヶ月ぶりに長屋に行くと、おはんの弔いの夜だった。
病を抱えていたことも、その時初めて知った。

「穏蔵をあたしらに預けて働きづめに働いて、おはんちゃんはとうとう燃え尽きたんだよ」

弔いの夜、長屋の女房から浴びせられた言葉は今でも耳に残っている。

雑司ヶ谷の竹細工師弥兵衛《やへえ》と作蔵父子と知己を得たのは、そのあとのことだった。

一人になった穏蔵の行く末を案じた六平太が、弥兵衛に養子の口を探してもらったのだ。

「どうして今まで、わたしになんにも言わなかったのさ」

おりきの声は静かだった。

「佐和にも、誰にも言うまいと決めてたんだ」

「昔のいきさつはともかくとして、穏蔵が六平さんの子だってことぐらいはさぁ」

「何も、隠すつもりはなかったんだ」

「わたしが、そのことでなにやら言うとでも思ったのかい？」

「いや」

誰か一人に洩らせば、そのうち穏蔵に伝わるのではないかと恐れたのだ。

父親だと名乗れるような情愛を注いで来なかった後ろめたさがあった。

「穏蔵は、六平さんがお父っつぁんだと気付いてるよ」

六平太を見て、おりきが小さく頷いた。

「わたしは、そう思うね」

「今さら名乗るつもりはねぇよ」

穏蔵を手塩にかけて育てた豊松こそが父親なのだ。

蕎麦屋を出ると、風が強くなっていた。

風のせいではなく、出た途端、六平太の身体がふっと揺れた。
歩き出したおりきの足も、少しふらついている。
さっきまで、酔客の声や足音を響かせていた小路から、人けが消えていた。
八丁目のあたりまで戻った時、先を行くおりきの足がぱたりと止まった。
「なんだ」
おりきに並んで、視線の先を追うと、居酒屋『吾作』の表に提灯が下がっていた。
灯もともされ、提灯に書かれた『吾作』の字が浮かび上がっている。
提灯の下に、膝を抱えて、背を丸めた人影があった。
眼を凝らすと、菊次だった。
菊次が、提灯を持ち出してともしたに違いない。
顔ははっきり見えないが、泣いているようにも見えた。
なにか言っているようだが、その声は聞こえない。
――親父のばかやろう。
そんな文句を提灯に投げつけているのかもしれない。
六平太とおりきは、声を掛けずに、そっと小路を折れて表通りへと向かった。

八

明六つ（午前六時頃）の鐘はとっくに鳴ったのだが、秋月家の井戸端は夜のように暗い。

日の出前、元鳥越は冷え込んでいた。

六平太が、音羽から帰った日の翌朝である。

桶《おけ》に汲《く》んだ井戸水に両手を浸けると、氷のように凍《し》みた。

その水で顔を洗うと、頬の肉が一瞬にして縮み上がった。

「兄上を訪ねて男の子が」

佐和が、台所の戸口から顔を出して言った。

「男の子というと――」

「安藤竹之助様と名乗られましたが」

「なにっ」

六平太が、慌てて顔を拭いた。

『錬成塾』への付添いは、たしか明日のはずだ。

六平太が首を捻りながら台所を抜け、居間を通り過ぎて、玄関の戸を開けた。

「朝早くにお訪ねして申し訳ありません」

風呂敷包を抱えた竹之助が、頭を下げた。

「ええと、今日は何日だ？」

戸惑う六平太を見て、竹之助が小さく微笑んだ。

「今日は、神田和泉町の塾の日ですが、少し早めに出て、こちらに伺いました」

「で、なにか」

「明日の、『錬成塾』の付添いを、いいえ、今後の付添いをお断りに伺いました」

竹之助の表情が、晴れ晴れとしていた。

「わたしは、『錬成塾』に一人で行くことに決めました。たとえ、町中で浮浪児に金品をねだられようと、ならず者に脅されようと、わたし一人でなんとか切り抜けようと思います」

「そうか」

六平太が笑みを浮かべると、竹之助の顔がほころんだ。

「ではわたしは」

六平太が、竹之助とともに格子戸の外の道に出た。

「しっかりな」

背中に声を掛けると、竹之助が、ふと立ち止まった。

「わたしは、あのあといろいろ考えまして、商人になろうと思います」

「ほう」

「これからは、算盤《そろばん》が世の中を動かすように思いますので」

竹之助が、背筋を伸ばすと、幾分胸を張って歩き出した。

六平太は、竹之助の姿が小路から消えるまで見送った。

子供というものは、壁にぶつかりながら成長するもののようだ。

穏蔵もこれからそんな道を歩むのかもしれない。

元鳥越が、白々と明けてきた。

第三話　恋娘

一

朝日を浴びた水面が黄金色に煌《きら》めいていた。

川の水と海の水が混じり合う大川の河口に、四つ手網を水に落としている小舟が何艘《そう》も見える。

初冬に始まった白魚《しらうお》漁は、翌年の春まで続く。

秋月六平太《あきづきろっぺいた》は、日本橋にある薬種問屋『九観堂《きゅうかんどう》』の娘を木挽町《こびきちょう》の芝居茶屋に送り届

いた。
顔見世が一年の興行の始まりということで、芝居関係者は十一月一日を元日として
年多くの見物客を集める。
木挽町の森田座《もりたざ》はじめ、葺屋町《ふきやちょう》の市村座《いちむらざ》など、十一月の芝居小屋は顔見世興行で例
けたばかりだった。

芝居の興行主は十月になると、向こう一年、自分の小屋の専属となる取りきめを役者と結ぶのが習わしだった。

その役者の披露興行が顔見世である。

「付添い屋さんもご一緒にどうぞ」

芝居茶屋で『九観堂』の娘、美緒《みお》に誘われた。

値の張る桟敷席だからのんびりと見物出来るのだが、六平太はやんわりと断った。

「わたしは昼前に小屋を出ますから、九つ（十二時頃）に茶屋に迎えに来て頂戴《ちょうだい》」

美緒は、芝居茶屋の男に案内されて小屋に向かった。

芝居は朝早くに始まって、終わるのは夕刻だ。

夕方までまるまる空けば、一旦家に戻ってゆっくり昼寝も出来るのだが、昼の迎えがあるとなればそうはいかない。

六平太は、暇つぶしにと、とりあえず永代橋まで歩いた。

「さてどうするか」

川っ淵に立った六平太が、独り言を大川に投げかけた。

浅草にでも行くか、それとも、と頭で思案し始めるとすぐ、くるりと踵《きびす》を返した。

美緒を送った芝居茶屋で待つことにした。


六平太の申し出を、芝居茶屋はすんなりと承知した。

芝居見物の時、たびたび使ってくれる美緒は、茶屋にとって上客のようだ。

六平太が、二階の部屋に通されるとすぐ、男衆が火鉢を運び、女中が茶を置いていった。

一口茶を啜《すす》った六平太は、思わず小首を傾《かし》げた。

せっかくの顔見世を途中までしか見ないという、美緒の料簡《りようけん》がわからない。

大店《おおだな》に生まれて、小さい時分からなに不自由なく育った子女の中には、もったいないという考えを持ち合わせていない者が多い。

美緒は、木場の材木商『飛驒屋《ひだや》』のお登世《とせ》の友人である。

同じ琴の師匠のもとで知り合った仲だと聞いた。

付添い屋六平太の名をお登世から聞いた美緒が、神田の口入れ屋『もみじ庵《あん》』に名指しで頼んだのが始まりだった。

この一年ほどの間に、六平太は三度ばかり付添いを請け負っていた。

お登世の谷中天王寺《やなかてんのうじ》の紅葉狩りに、美緒が同行したことがあった。

その帰り、汁粉屋に立ち寄った時のことを思い出した。

「美緒さんに縁談があるって聞いたけど」

お登世が密《ひそ》やかに聞いた。

「ね、どんなお相手なの？」

お登世は好奇心を露《あら》わにした。

「どういうことのない相手よ」

美緒があっさり切り捨てた。

同じ薬種問屋の跡継ぎだというが、縁談に乗り気でないことは歴然としていた。

「それより、お登世さんにお婿さんの当てはないの？」

「婿を取るとは決まってないわ」

お登世が頬を膨らませて言った。

「そうは言っても、お登世さんは一人娘の一人っ子だから、婿を取って『飛騨屋』を継ぐ宿命でしょ？」

ずばりと美緒に言われて、お登世が少し萎《しお》れた。

「でも、お父《と》っつぁんが養子を取って、その人にお嫁を迎えれば、なにもわたしが

『飛騨屋』を継がなくてもよくなるわ」

「そう思い通りに行くかしら」

「そうして見せるわ」

お登世は向きになった。

「じゃぁ、家を出て、どこかお嫁に行く当てはあるの？」

答えに詰まって、お登世が手にした汁粉の椀《わん》に眼《め》を落とした。

「もしかして、こちらの秋月様とか？」

ふふと笑った美緒が、求肥飴《ぎゅうひあめ》を口にした。

お登世が、椀を手にしたまま固まっていた。


「お嬢様がお戻りですよ」

障子を開けた芝居茶屋の女中が、廊下に膝《ひざ》をついて声を掛けた。

火鉢の横でごろりと横になっていた六平太が、ゆっくりと身体《からだ》を起こした。

しゅっしゅっと、着物の裾《すそ》が擦《こす》れ合う音をさせて美緒が入って来た。

色分けされた紅葉の葉が胸元まであしらわれた緋《ひ》色の着物が、朝方よりも鮮やかに見えた。

「秋月様、行きますよ」

「家に戻りますか」

「今日の付添いは夕方までのはずでしょう。これからお昼を食べるのよ」

六平太が、刀を杖《つえ》にして立ち上がった。

美緒と六平太が、茶屋の玄関に下りると、

「ご案内します」

茶屋の女中が先に立って表に出た。

半町（約五十四メートル）ばかり女中に付いて歩くと、

「こちらです」

堀に架かる親父橋の袂《たもと》に留められた屋根船を指した。

初老の船頭が手を差し伸《の》べて、美緒を船に上げた。

「秋月様、ご遠慮なく」

船の上で美緒が微笑《ほほえ》んだ。

屋根船の中には炬燵《こたつ》があった。

猫足の膳二つに、弁当が用意され、持ち手のついた塗りの箱には銚子が二本立っていた。

「さ、頂きましょう」

美緒が、弁当の蓋《ふた》を取った。

下げられた簾《すだれ》の外で、船べりを叩《たた》く水の音がしていた。

船はとっくに岸を離れ、大川に出たようだ。

どこへ向かうとは聞いていないが、船の動きからすると、浅草の方に遡《さかのぼ》っているようだ。

「料理屋にあがるより、この方が趣があっていいでしょう?」

美緒が、同意を促すように六平太を覗《のぞ》きこんだ。

美緒の髪に挿《さ》された簪《かんざし》の飾りが、小さくしゃらんと音を立てた。

「趣というと?」

「だって、狭い中、炬燵を間に差し向かいなのよ。芝居でもよく見るもの。男と女の、道ならぬ逢瀬《おうせ》のかたちだわ」

背伸びしたような物言いをして、美緒が無邪気に箸《はし》を動かした。

「わたしは、これを」

六平太が、銚子を摘まんで見せた。

「わたしは飲めませんから、お好きにどうぞ」

揺れる船で盃《さかずき》に注《つ》ぐのは難しい。

六平太は、弁当の小鉢を空にして、盃代わりにした。

「近頃、お登世さんとお会いになった？」

「先月の紅葉狩り以来、なかなかお声もかからず」

お登世から付添いの声は掛からなかったが、木場の『飛驒屋』を訪ねた折りに何度か顔を合わせていた。

「お登世さんは、婿取りしかないから難儀よね」

「お美緒さんの方は気楽ですか」

「跡取りの兄がいますから、わたしはなんの気がねもなく、余所《よそ》へお嫁に行けるわ」

「この前、同じ薬種問屋の跡取りと縁談があったようだが」

「あぁ。あれは断るわ。うちと同業なんて、嫁に行った気がしないもの」

一年前にも売薬と薬作りを業とする家の跡取りとの縁談を断ったという。

「うちから三軒先に、菊地《きくち》のおじちゃんがやってた店があるの」

菊地のおじちゃんというのは、七年前に死んだ式亭三馬《しきていさんば》のことだ。

『浮世風呂』や『浮世床』などの本を書いた戯作者《げさくしゃ》である。

三馬の倅《せがれ》が虎之助《とらのすけ》と言って、美緒と年が近く、幼い時分からの仲よしではあったようだ。

「その虎ちゃんとどうかって話があったけど、わたし、笑って断ったの。わたしより二つも年下だもの」

美緒が真顔で声をひそめた。

「でもわたしが、婿取りしなきゃならない一人娘だったら、あんなに強気には出られなかったわね。御同業の人たちや親戚《しんせき》のみんなから、売薬業を継いだ、人柄の良い虎之助で手を打てなんて、迫られていたはずだもの」

美緒のような娘が、周りに攻めかけられて、おめおめ屈服するとは思えなかった。

「わたし、商人に嫁入りするのはいやだわ。薬種問屋もまっぴら。菊地のおじちゃんみたいに、もっともっと、面白おかしい世の中のことを見聞きしたいのよ」

胸を張った美緒が、六平太にうふふと笑顔を向けた。

簾の外を、三味線の音が流れて行った。

呼んだ芸者に三味線を弾かせているお大尽の船と行き違ったようだ。

「秋月様は、もともとお大名家に仕えていたと聞いたけど、どうしてご浪人に？」

「おっ払われましてね」

「嘘《うそ》だわ」

追い払われたのは嘘ではない。

だが、詳しくいうこともなかろう。

「お住まいは？」

「浅草元鳥越の、鳥越明神の裏辺りでして」

「そこには、どなたかとご一緒に？」

「妹と二人暮らしですよ」

「お妹さん、おいくつ？」

「たしか、二十、二か三だと」

「あら、わたしより上ね」

その年で兄と同居している妹の境遇に思いをはせたようだ。

あら、と口を衝《つ》いて出た言葉に、嫁に行けない妹への、美緒の憐《あわ》れみが窺《うかが》えた。

女が十八、九で縁づく当節、二十二、三は行き遅れの部類だった。

船がゆっくりと舳先《へさき》を変えた。

六平太が、簾を少し開けて外を覗いた。

大川西岸に駒形堂《こまかたどう》が見えた。

船は、大川橋の手前で向きを変えて引き返すようだ。

日本橋界隈《かいわい》は、日の入り間近の西陽《にしび》と競い合うかのように、人も車もせわしく動いていた。

六平太は、美緒のすぐ後ろに付き従った。

後ろに付いた方が、咄嗟《とっさ》の時に動きやすいのだ。

薬種問屋『九観堂』は日本橋本町二丁目にあった。

六平太が、美緒に続いて店の前を通り過ぎ、路地へと折れた。

「どうぞ」

勝手口から入った美緒が、六平太を招じ入れた。

「秋月様、今日はありがとう。付添い料はおっ母《か》さんがお渡ししますから、少しお待ちを」

美緒が、頰笑みを残して台所横の出入り口から家の中に入った。

ほどなく、出入り口から現れたのは中年の男であった。

「美緒の付添いのお方で？」

「そうだが」

「手前は、父親の平左衛門《へいざえもん》でございます」

あたりを憚《はばか》るように、密やかに名乗った。

五十ばかりのようだが、顔は白く艶《つや》があった。

腰が低いところを見ると、奉公人から婿になった口かもしれない。

「それであの、今日の芝居小屋や屋根船に、美緒に近づくような男が現れたというようなことはございませんでしたでしょうか」

「わたしが傍に居る間は、そんなことはなかったが」

平左衛門は安堵《あんど》したように頷《うなず》くと、

「これは今日の付添い料でして」

手渡すと、平左衛門は家の中に戻った。

六平太は、紙に包まれた付添い料を、袂に落とした。

二

湯島の聖堂を左に見て、坂道を上っていた六平太がふっと顔をあげた。

朝のうち広がっていた青空が、いつの間にか灰色の雲に覆い尽くされようとしている。

雨に降られる前に音羽《おとわ》に着きたかった。

昨日の夕刻、『九観堂』の娘を家に送り届けて元鳥越《もとどりごえ》に戻ると、

「さっきまで菊次《きくじ》さんがいらしてました」

台所で晩の支度をしていた佐和《さわ》が言った。

「明日の昼過ぎにでも、音羽にご足労願えないか」

毘沙門《びしやもん》の甚五郎《じんごろう》の言付けを持って、菊次が来たのだ。

湯島の坂を上り切った時、白いものがいくつか、ふわりと眼の前を流れた。

雪が降ったのは湯島のあたりだけで、音羽に着いた時には雲が切れて薄日が差した。目白不動《めじろふどう》の時の鐘が、九つを打ち終わる頃合いである。

六平太は、音羽桜木町の甚五郎の家にまっすぐ向かった。

「あ、お出《い》でです」

土間の奥の框《かまち》に腰掛けていた菊次が、腰をあげて六平太に小さく頭を下げた。

「こりゃ秋月さん、わざわざすみません」

板張りに座っていた甚五郎が、六平太に目礼した。

甚五郎と火鉢を囲んでいた八重《やえ》と、その養母のお照《てる》も振り向いて会釈した。

「ま、こちらへ」

六平太が、甚五郎に促されて火鉢の傍に座った。

「お照さんが、『吾作《ごさく》』にゆかりのある人たちに話をしたいと、こうお言いでね」

甚五郎が切り出した。

「実は、『吾作』のあとを、わたしが引き継ごうかと思いまして」

お照が、恐縮したように言った。

「それで、『吾作』になじみの深い皆さんに、そのお許しを頂きたいと思いまして」

「そういうことなんですが、秋月さん如何《いかが》なもんで？」

「おれに否やをいう筋合いはないが、お照さんが引き継いでくれるなら、この上なく有難いよ」

「お照さん、おれの腹も秋月さんとおんなじだよ」

甚五郎が笑みを向けた。

「ありがとうございます」

八重が、弾《はじ》かれたように手を突いた。

「正直に言いますと、このことを言い出したのはお八重でして」

お照が、手を突いたままの八重に眼を遣《や》った。

「死んだ小春《こはる》と吾作さんとのいきさつを知って、このまま店がお終《しま》いになるのが惜しいなんて」

小春は、八重の生みの親だった。

「お八重ちゃん、頭をあげな」

甚五郎が声を掛けた。

八重が、顔をあげて照れたように一同に頭を下げた。

「しかし、肝心なのは、板場の料理人だが」

六平太がぽつりと洩《も》らした。

居酒屋『吾作』の引き継ぎを、甚五郎や六平太たちが承知した後に料理人を探すつもりだったと、お照が言った。

「お照さんに心当たりはあるのかい」

「なくもないんですが、親方や秋月さんにも気に掛けて頂ければと思います」

お照が頭を下げた。


「これから、おりき姐《ねえ》さんの家ですか」

表の通りに出て八重とお照を見送った後、菊次が聞いた。

「顔ぐらい出さないとな」

六平太が、江戸川橋の方に足を向けた。

「こんなことになるんなら、包丁の修業をしてりゃよかったな」

菊次が言って、へへと笑った。

手に職のない者は店にも入れない、八重にも近づくなと吾作に言われた菊次は、その後、一念発起して竹細工の修業に取り組んでいた。

「竹細工がいやなのか」

「いや、そうじゃねえ。けど、このこと作蔵《さくぞう》さんには言わないでもらいてぇ」

菊次の竹細工の師が雑司ヶ谷《ぞうしがや》の作蔵だった。

「じゃおれは」

菊次は橋の袂で引き返して行った。

六平太が小日向水道町《こびなたすいどうちょう》の家に行くと、おりきが空いた器を運ぶところだった。

「わたしはたった今済ませたとこだけど、六平さんお昼は」

「腹はまだ空かねぇ。茶でももらうよ」

六平太が、長火鉢のそばに腰を下ろした。

器を台所に置いただけで、おりきが戻って来て、茶の支度を始めた。

「居酒屋『吾作』はお照さんが引き継ぐそうだ」

六平太が、甚五郎の家でどんな話が持たれたのかと説明したが、

「ふうん」

おりきは、気のない返事をして湯呑《ゆのみ》を置いた。

「どうかしたのか」

「え？」

おりきが、きょとんとして六平太を見た。

「いや」

六平太には、空いた器を持って立ち上がった時のおりきの動きが、妙に大儀そうに見えた。

居酒屋『吾作』の話にも、さほどの関心を示さなかった。

「吾作さんが死んでからってもの、時々ふっと、気が抜けることがあるんだよ」

おりきが、小さく笑って湯呑に手を伸ばした。

「人の命なんて、儚《はかな》いもんだなぁとかさ、そんなことを考えたら、知らない間に道具の手入れをしてる手が止まってるんだよ」

おりきが、火鉢に寄りかかると、猫板に肘《ひじ》を突いて顎《あご》を載せた。

六平太が今まで見たことのないおりきの落ち込みようだった。

ぽかりと空いた胸を、風が吹き抜けているのではないかとさえ思える。

六平太が、湯呑を口に運んだ。

茶を啜る音が、思いのほか響いた。

神田上水の瀬音が微《かす》かに届いていた。

「佐和が嫁に行ったらのことだが」

軽く咳《せき》ばらいをした六平太が、口を開いた。

「どうだい、一つ屋根の下で暮らすなんていうのは」

「わたしたち？」

おりきが、ゆっくりと顔をあげた。

「おれも一人になることだし、所帯を持とうなんて決めなくてもよ。こっちでも元鳥越でもいいからさ」

六平太をじいっと見たおりきが、口を開いた。

「慰めで言っておいでかい？」

半分、図星だった。

「いや、おれごときが、慰められるとは思わないがね」

おりきは、いやともうんとも言わなかった。

「なんだか、一度仕切り直しをしたい心持ちなんだよ」

おりきが、ぽつりと言った。

「そりゃぁ、あれか。仕事も、おれとの間も仕切り直すってことか」

「なにっていうことじゃなくさぁ。——どこか、余所に行きたい気もするし」

「音羽を離れるのか」

「それも、ひとつの手のような気もするし——」

六平太を見て、おりきが笑みを作った。

それがかえって、おりきの深刻さを窺わせた。

「吾作のこともあって、気が滅入ってるんだろうが、そう急いで決めることもあるめぇ。少しのんびりするこった」

「ありがと」

おりきが、うんうんと頷いた。

「それで、六平さん今夜だが、昔の知り合いの家に行くことになってってね」

「あぁ、気にするな。まだ陽も高い。このまま帰るよ」

今日のおりきと一晩を過ごすのは、気づまりだろうと思われた。


六平太は、音羽からの帰りの道を、行きの道と変えた。

大塚から小石川を抜け、根津《ねづ》を廻《まわ》って、三味線《しゃみせん》堀《ぼり》から元鳥越へと入った。

市兵衛店《いちべえだな》の脇を通り過ぎた。

路地は薄暗く、時刻はおそらく七つ（四時頃）を過ぎたころだろう。

秋月家の井戸端の木戸から、人影が二つ出てきた。

「あれ、秋月さんじゃねぇか」

大工の道具箱を肩にのせた留吉《とめきち》が素《す》っ頓狂《とんきょう》な声をあげた。

「今夜は音羽あたりでお泊まりだと、たったいま、佐和さんがそうお言いでしたがね」

留吉の横で、修行僧の装《な》りをした熊八《くまはち》が言った。

時節時節で、『ちょぼくれ』やら、天変地異の恐ろしさを説いては、怪しげな札を売る『鹿島《かしま》の事触《ことぶ》れ』にもなるというので、なんでも屋の熊八と呼ばれている。

二人とも、市兵衛店の住人である。

「あら、兄上」

外の声が聞こえたのか、台所から佐和が出てきた。

「佐和さん、秋月さんお帰りだよ」

留吉がからかった。

「帰っちゃまずかったか」

「そんなことはありませんけど、晩の支度が――」

佐和が声をひそめた。

「気にするな。おれは外で済ますよ」

「ひょっとして、居酒屋『金時《きんとき》』だねっ」

留吉が鼻の穴をふくらました。

居酒屋『金時』は、鳥越明神から浅草御蔵《おくら》へ通じる通りにある、留吉たちと行きつけの店だった。

「まぁ、『金時』しかあるめぇな」

「おれも乗ったっ」

「ではわたしも」

熊八まで手をあげた。

「道具箱置いてすぐ戻るから、ここで待っててておくれよ」

留吉と熊八が、路地の奥へと駆けて行った。

「どうなすったんですか」

佐和が気遣わしげに六平太を見た。

「音羽に行って、その日にお帰りなんて」

「ま、そんなこともあるさ」

六平太は、他人事《ひとごと》のように誤魔化した。

「さぁ、繰り出そうぜ」

留吉が、声をあげながら熊八と共に駆けつけて来た。

三

佐和は、朝から灰色の雲に覆われた空が恨めしかった。

障子を閉め切った部屋の中は薄暗く、針仕事の手元は危ういし、眼も疲れる。

障子を開ければ、冷気が入り込む。

長火鉢の鉄瓶の湯量を見て、急須《きゆうす》に茶の葉を入れた時、

「ごめんなさい」

玄関の外で男の声がした。

佐和が戸を開けると、菊次がぺこりと会釈をした。

「声で、そうじゃないかと思いました」

佐和が微笑んだ。

「あの、兄ィは」

「付添いの仕事でたった今出掛けました。どうぞ中に」

「けど、兄ィのいない時に上がり込んでいいのかな」

「丁度、お茶を淹《い》れようとしてたところです」

佐和が、居間に戻って茶を淹れ始めた。

「そいじゃ、遠慮なく」

恐る恐る菊次が入って来て、長火鉢の前で膝を揃《そろ》えた。

「どうぞ」

佐和が、湯呑の一つを菊次の前に置いた。

「兄に聞きましたけど、音羽の『吾作』っていうお店を続ける人がいるそうですね」

「えぇ。ただまぁ、どんな野郎が、あ、いや、腕だけじゃなく、人柄のいい料理人が来てくれりゃいいんですが」

真顔の菊次が湯呑を手にした。

「菊次さんに、少しお聞きしたいことがあるんです」

「なにか」

「兄のことですけど」

六平太が音羽に行ったにも拘《かか》わらず、その日の内に帰って来たことが気掛かりだと、佐和が言った。

「翌日仕事があったわけでもないのにです。いつもなら、おりきさんの所で過ごしていたのに――」

「実は」

湯呑を置くと、菊次が改まった。

「おりき姐さんの様子も、ちと変です」

佐和が、菊次を見詰めた。

「髪結いに出掛ける姿を見掛けたんですが、その姿にどうも、精気ってんですかね、そんなもんがないんですよ」

菊次が、軽くため息をついた。

このところおりきは、一日、二日と家を空けることがあるという。

その行き先は菊次にも心当たりがなかった。

佐和は、飲むのも忘れたように、両掌《りようて》に包んだ湯呑に眼を落としていた。

「お佐和さん、これはどういうことですかね。兄ィとおりきさんに、なにかあったんですかね」

「兄は何も言いませんけど」

佐和が、両掌に包んだ湯呑を小さく揺らした。


上野東叡山《とうえいざん》は人影がまばらだった。

境内があまりにも広大なせいもあるが、のんびり見て回るには陽気が悪すぎた。

六平太の前を行く美緒の足取りが、重い。

昨日、口入れ屋『もみじ庵』に呼ばれて行くと、付添いは、『九観堂』の娘だと聞かされた。

芝居見物の付添いから、まだ三日しか経《た》っていなかった。

迎えは九つだと言われた。

昼過ぎからの付添いもなくはないが、そう多くはない。

六平太が、『もみじ庵』に言われた時刻に『九観堂』に行くと、二親《ふたおや》を引き連れて美緒が出てきた。

「上野東叡山界隈の寺社詣《もうで》に行きます」

そういうと美緒は、不安げに見送る二親を尻目にすたすたと勝手口を出たのだ。

だが、いざ東叡山に来てみると、六平太は美緒の様子に少し呆《あき》れてしまった。

清水堂からの眺望にもたいした関心を示さず、寛永寺《かんえいじ》から慈眼堂《じげんどう》、本覚院《ほんがくいん》へと巡るころには、飽き飽きしているのが手に取るように分かった。

「美緒さんが寺社詣をするほど、信心深いとは思いませんでしたよ」

皮肉の棘《とげ》に気付いたように、美緒が六平太を睨《にら》んだ。

その時、境内の時の鐘が七つを打ち始めた。

「丁度いい頃合いね」

美緒が独り言のように呟いた。

「寺社詣は親への口実だわ。本当は秋月様を料理屋に案内したかったの」

美緒の顔に笑みが浮かんだ。

前もって座敷を頼んだ料理屋は、池之端仲町《いけのはたなかちょう》にあるという。

先に立った美緒が、東叡山を下りると、不忍池《しのばずのいけ》の東側の道に出た。

陽も射《さ》さず、そのうえ七つ刻《どき》とあって、冬枯れた不忍池に色がなかった。

「秋月様、ここはなにか御存じ？」

美緒が、谷中道の池側に立ち並ぶ屋並みを指さして、悪戯《いたずら》っぽい眼で笑いかけた。

「知ってるよ」

男と女がひとときの逢瀬を過ごす出合茶屋である。

「秋月様は、入ったことがおあり？」

六平太の顔を、美緒が覗きこんだ。

「付添いで、表で待たされたことはありますが」

「待っただけ？」

六平太は、出合茶屋に入ったことはなかった。

「表で待ってると、面白いもんが見れましてね」

行く手から、足早に来たお店者《たなもの》が一軒の出合茶屋に入った。

間隔を置いて歩いていた町娘が、男を追って素早く中に入った。

六平太が、眼を丸くして立ち止まった美緒を振り向いた。

「ためしに入りますか」

途端にうろたえた美緒が、怒ったように六平太を追い抜いていった。


池之端仲町の料理屋の二階から、不忍池が望めた。

弁天堂が霞《かす》んでいた。

谷中道の出合茶屋あたりに灯《とも》る掛け行灯《あんどん》がぼんやりとかすんでいる。

「お待ちどお様」

料理を並べ終えた女中が、ごゆっくりと声を掛けて出て行った。

六平太が、障子を閉めて美緒の向かいに腰を下ろした。

料理の載ったお膳《ぜん》を前にして、美緒の顔には満面の笑みがあった。

「秋月様、ご遠慮なくね」

「は」

六平太は、まず酒にした。

お膳には、鰤《ぶり》の細造りや鮪《まぐろ》の味噌《みそ》漬けを焼いたものを摺《す》り生姜《しょうが》で食べさせるものなどが並び、酒の肴《さかな》になりそうだ。

「わたし、今日はお酒を飲むわ」

箸を置いた美緒が、膳の横にあった銚子を摘まんだ。

「よした方がいいな」

「この前、屋根船で、わたしが飲めないと言ったら、秋月様笑ったでしょ？」

「いや」

「笑いました。小馬鹿にしたように」

六平太は、記憶になかった。

「お登世さんは飲むのでしょう？」

「さぁ、飲むのを見た覚えはないが」

「わたしは、飲みます」

美緒が、お膳にあった盃に注いで、口に含んだ。

一瞬顔を歪《ゆが》めたが、飲み干した。

美緒は、食べ物も口に運びながら、盃を二、三杯重ねた。

「秋月様、さっきは本気でした？」

顔を赤くした美緒が、身体《からだ》を少し揺らして聞いた。

「ためしてみますかなんて、さっき、わたしに、出合茶屋の前で」

美緒の顔が、酔いで緩んでいた。

「もう酒はよしなさい」

そう言ったが、手遅れだった。

美緒が、軽くえずいた。

「なんだか、胸の辺りが変――。息苦しい。頭が痛い」

六平太が、傍に寄って美緒を寝かせた。

すぐに廊下に出て人を呼んだ。

もう、料理どころではない。

「飲めない酒を飲んでしまってね」

六平太が、駆けつけた番頭と年の行った女中にいうと、

「番頭さん、すぐに誰かを『九観堂』さんに走らせて、迎えを呼んでくれないか」

「わかった」

番頭がすぐに引き返した。

女中も慌ただしく階段を下りて行ったが、ほどなく駆けあがって来た。

「布団敷きましたから、付添いの方、お嬢さんを抱えて下に」

六平太が、女中の指図に従った。

美緒は布団に寝かされたが、ときおり、低く呻《うめ》いた。

苦しげに顔を歪めたが、目覚めることはなかった。

半刻（約一時間）ばかり経《た》って、美緒の父親が手代と駆けつけた。

「表に駕籠《かご》がありますから、美緒はこのまま家に連れて行きます」

父親は言うと、六平太の前に付添い料を置いた。

「もし帰るのが難儀でしたら、今夜はここにお泊まりになっても結構ですが」

父親の好意を、六平太は断った。

池之端から元鳥越なら、歩いてもすぐである。

美緒の乗った駕籠を見送ると、六平太はふうと長い息を吐いた。

四

浅草寺《せんそうじ》境内には、袴《はかま》をつけた男児や晴れ着の女児の姿がちらほらと見られた。

佐和が、おきみの手を引いて歩きながら、親に連れられてお参りに来た晴れ着の子供たちに眼を遣《や》った。

女児が七つで大人の装いをする帯解《おびとき》の習わしは、十五日の七五三に行われる。男児は五つで袴を着、三つの男女は髪置の祝いのために、土地の氏神様に参るのだ。

武家を中心に広まった七五三だが、このごろでは、家の都合で十五日の前に早めたり、二、三日あとにお参りをする町人もめずらしくなかった。

「お姉ちゃん、あれ」

おきみが指さす方を見ると、行きかう人たちの頭よりはるかに高いところを、女の子の顔が近づいて来た。

付紐《つけひも》を取り、帯を使い始める七つの祝いに、浅草神社にお参りに行くのだろう。帯解を迎えた女の子は、父親か出入りの鳶《とび》などが肩に担ぐ習わしがあった。

「あと二年したら、おきみちゃんも帯解ね」

おきみは、肩に担がれていく娘をじっと眼で追っていた。

「おきみちゃんの時は、お父っつぁんが担いでくれるわね」

おきみが、佐和を見て笑顔で頷いた。

おきみの父の音吉《おときち》は、今朝、出入りのお店の娘を担ぐのだと言って、聖天町《しょうでんちょう》の家を出た。

今頃、音吉は余所の神社で七つの娘を肩に乗せているのかもしれない。

佐和とおきみが、浅草寺から帰って来たのは昼前だった。

帰るとすぐ、おきみは近所の友達の家に遊びに行った。

佐和は、竈《かまど》に乗った釜《かま》に水を足すと、火を熾《おこ》し始めた。

佐和は、今朝、六つ半（七時頃）に聖天町に来て、音吉を送りだした。

その後、流しに置かれた朝餉《あさげ》の器を洗い、おきみと二人で部屋の掃除をしてから浅草寺に出掛けた。

腰を屈《かが》めた佐和が、竈で燃える火をぼんやりと見た。

音吉の帰りを湯を沸かして待つ、たったそれだけのことなのに、佐和の胸の内は充足していた。

「今帰ったよ」

いきなり戸が開いて、音吉が入って来た。

「あ！」

佐和が、慌てて立ち上がった。

「え？」

「あ、いえ」

燃える火を眺めていた佐和は、音吉の足音に気付かなかった。

「これを持たせてくれたから、昼の支度はなしだ」

音吉が、折詰の弁当を二つ佐和に突き出した。

「おきみは」

「下駄屋のおたまちゃんのところに。でも、お昼には帰るように言っておきましたから」

「佐和さんにゃすっかり世話んなって」

軽く頭を下げた音吉が、土間を上がって火消し半纏《ばんてん》を脱いだ。

「あ、やっぱり来てたね」

カラリと戸を開けたお京《けい》が、佐和を見た。

「なにか」

「あ、音さんあんた、今日『島田屋《しまだや》』の娘さんを担いだんだってね」

言いながら、お京がずかずかと上がりこんだ。

長火鉢を挟んで音吉と向かい合うと、

「いい折りだ。佐和ちゃん、ちょっとお上がり」

佐和は、長火鉢の端に座った。

「二人に聞くけど、あんたたち、いったいぜんたいどういうつもりなのさ」

「どうって――」

「とぼけちゃいけないよ音さん。あんたにしろ、佐和ちゃんにしろ、腹の中にどんな思いを抱えてるかぐらい、わたしゃお見通しだよ」

佐和が、思わず俯《うつむ》いた。

お京が何を言おうとしているのかも予想がついていた。

「この際、腹んなかのもの吐き出したらどうなのさ。惚《ほ》れあってるのはお互い承知のはずだろう？」

お京が、人差し指を突き出して、音吉と佐和の間を行き来させた。

思わず口を尖《とが》らせた音吉が、灰に文字を書き始めた。

「いつまでも腹に抱えっぱなしでぐずぐずしてると、わたしみたいにぽろぽろと、せっかくの良縁を指の間から零《こぼ》すってことになるよ」

「もしかして、浅草寺門前の小間物屋の修助《しゅうすけ》？」

音吉が聞いた。

「修助一人じゃ、ぽろだけど、ぽろぽろっていうくらいだから、何人かいたんだよ。それはともかく、音さん、佐和ちゃんにこの際何か言うことはないのかい」

気押されたように、音吉は黙り込んだ。

佐和の胸が、早鐘を打ったようにざわついた。息苦しかった。

「わたしは、そろそろ」

佐和が立ちかかった時、

「佐和さん、おれと、所帯を持っちゃもらえないだろうか」

佐和が、動きを止めた。

身体を向けた音吉の眼が、じっと佐和を見つめていた。

「はい」

返事した佐和の声が、かすれていた。

「よし、これで決まりだっ」

お京が、ぽんと、手を打った。


佐和の足が、知らず知らず早くなっていた。

音吉との間に立ちはだかっていた、躊躇《ためら》いや迷い、そして不安までもが一挙に消えて、足まで軽くなっていたようだ。

あっという間に元鳥越に着いた。

表通りから小路に入った佐和の足が、ふっと止まった。

秋月家から出てきた若いお店者風の男が、佐和の横を通り過ぎた。

「ただいま戻りました」

佐和が、玄関に入って声をあげた。

「おう」

六平太の声がした。

居間に入ると、六平太が、火箸に挟んだするめを火にかざしていた。

「お客様でしたか」

「神田の『もみじ庵』の使いだ。明日の付添いはなしだそうだ」

「明日はたしか、木場の『飛騨屋』さんの芝居見物でしたね」

「うん。それがなくなった」

六平太が、のんびりとするめを返した。

「丁度いいから、相良《さがら》道場にでも顔を出すさ」

「でしたら、そのまま音羽ですか」

「さぁ、それは、そん時のことだな」

火に炙《あぶ》られたするめから香ばしい匂《にお》いが広がった。

「わたし、晩の支度を」

佐和が、台所に入った。

お櫃《ひつ》には、朝炊いたご飯が残っていた。

蓮根《れんこん》と大根を手にして、井戸端へ出た。

音吉と所帯を持つ——そのことを六平太に隠すつもりではなかった。

「一人になる兄さんのことが気掛かりだねぇ」

先刻、聖天町でお京がそう言った。

「兄には、音羽にいい人が居ます」

「そう。だったら大丈夫だ。心配ない」

お京は安堵したようだが、佐和に不安がよぎった。

六平太の様子から、おりきと気まずくなっているのではないかと思えるのだ。

相良道場から音羽に行くのかと聞いた時も、六平太の返事は曖昧《あいまい》だった。

「兄ィとおりきさんに、なにかあったんですかね」

そう言った菊次の言葉も気になる。

佐和が、木桶《きおけ》の水に漬けた蓮根の泥を、黙々と落とし始めた。

五

ここのところ曇りがちだった空が、久しぶりに晴れ渡った。

五つ（八時頃）に元鳥越を出て、四谷の相良道場に着く頃には、六平太は背中にじわりと汗を感じていた。

門人たちと打ち合う前の、いい運動になった。

道着に着替えて道場に入り、見所に座っていた道場主、相良庄三郎《しょうざぶろう》に頭を下げた。

「お、よいところへ参った」

庄三郎が目尻を下げた。

「秋月さん」

門人たちに混じって木刀の素振りをしていた矢島新九郎《やじましんくろう》が、六平太に気付いて近づいて来た。

「市内巡視の途中立ち寄りまして」

新九郎は、北町奉行所の定町廻《じょうまちまわ》りの同心である。

「道場で二人が顔を合わせることは滅多にない。どうだな、若い門人たちの前で、立ち合って見ぬか」

「ひとつ、ぜひ」

新九郎が頭を下げた。

「では、一手、お願いしよう」

六平太と新九郎が道場の中央に進み出ると、門人たちが板壁近くに退《さ》がった。

「では、一本勝負」

勝負見届け役の庄三郎が声を掛けた。

六平太が、木刀の切っ先を新九郎の切っ先につけた。

正眼に構えた二人の足は、根を生やしたように動くことなく、切っ先だけが小刻みにぶつかり、攻め込む間合いを探った。

新九郎が右へ足を動かせば、六平太も右へと動いた。

一瞬の間を衝いて、新九郎が攻めかけた。

瞬時に反応した六平太が、新九郎につつっと迫ると、二人の木刀が激しくぶつかり合った。

打ち込まれれば防ぎ、防いだら打ち込む、その応酬を二、三度重ねた両者が、突然身を引いた。

二人の緊迫した立ち合いを、門人たちが息を飲んで見ていた。

正眼に構えていた六平太が、八双に構えようと木刀を上げかけた時、

「タアーッ!」

裂帛《れっぱく》の気合とともに、新九郎の木刀が迫った。

次の瞬間、半歩下がった六平太の木刀が、新九郎の木刀にすっと鎬《しのぎ》を寄り添わせた。

新九郎の足がぴたりと止まり、木刀を持つ手をゆっくりと下げた。

六平太の切っ先が、新九郎の喉元《のどもと》に突きつけられていた。

一瞬の出来事だった。

「いやぁ、参りました」

新九郎が唸《うな》って首を捻《ひね》った。

道場の台所の板張りで、六平太と新九郎が向かい合っていた。

道着を着替えた二人の間に置かれた火鉢で、輪切りにされた芋が焼かれていた。

「秋月さん、一瞬隙《すき》を作りましたね」

新九郎が笑みを浮かべた。

「わたしの木刀が先に、秋月さんの脳天に届くと思ったのですが、すっと木刀を寄せられて、左に流されてしまいました」

新九郎は、思い起こすように天井を仰いだ。

「だが、あれは同じ相手に何度も通用する手じゃねぇんだ。隙を作ったと見破られたら打つ手がない」

「いや、わたしも打ち込んですぐに気付いたことは気付いたんですが、時すでに遅しでした」

六平太が、芋をひっくり返した。

道場の方から、門人たちの鋭い気合が届いていた。

「あ、そうだ、矢島さん。どこかに、居酒屋『吾作』で板場を任せてもいいような料理人を知りませんか」

八重の養母、お照が引き継ぐ話をすると、

「気に掛けておきます」

新九郎が、頷いた。

土間の戸が開いて、園田勘七《そのだかんしち》が慌ただしく姿を現した。

「お、居たな。これは矢島殿も」

勘七が、新九郎に会釈した。

二人は以前、相良道場で顔を合わせたことがあった。

「元鳥越に行ったら、佐和殿がろっぺいはここだと」

勘七が、上がり込んで火鉢の傍に座った。

「矢島殿にはご内聞に願いたいのだが、実はなろっぺい、『武州屋《ぶしゅうや》』の材木の調達が難航するぞ」

幕府から、徳川家ゆかりの寺の修復を命じられた十河藩《そごう》は、出入りの材木商を『飛驒屋』から『武州屋』に取り替えていた。

「どうも、三河《みかわ》の山奥から木材を切り出す際に、死人が出たようだ。三河に行っている村上《むらかみ》殿からひそかに知らせが届いた」

村上辰之進《たつのしん》は、国元の供番だが、藩政の改革を志す勘七と気脈を通じていた。

十河藩江戸屋敷は混乱していると、勘七が声をひそめた。

道場を出ると、勘七は芝へ戻ると言い、新九郎は市内巡視に溜池《ためいけ》の方に行くと言った。

「おれは、ついでに音羽に」

六平太がいうと、

「では矢島殿、途中まで同道しましょう」

勘七と新九郎が、並んで歩き去った。

六平太が、一旦音羽に向けた足を止めた。

気を滅入らせているおりきを目の当たりにするのが、六平太の気を重くしていた。

こんな時こそ気晴らしをさせてやるのが情夫としての思いやりというものだろうが、その手立てが思いつかない。

六平太が、ふっ切るように踵を返した。


六平太が木場に着いたのは、八つ（二時頃）にはまだ少し間がある頃合いだった。

『飛驒屋』を訪ね、主《あるじ》の山左衛門《さんざえもん》に会いたいというと、内儀のおかねが出て来て、座敷へと案内してくれた。

「秋月様、実は」

おかねが声をひそめた時、山左衛門が現れた。

「ごゆっくり」

仕方なさそうに、おかねは席を外した。

「今日、十河藩の知り合いから耳にしたのだが」

「もしかすると、三河のことですかな」

山左衛門が淡々と口にした。

『武州屋』の木の切り出しの際、死人が出たことを山左衛門は既に把握していた。

「やはり、材木がなかなか集まらないようですな。それで山から木を切り出す手に出られたのでしょう」

この時期、山からの切り出しは難儀すると山左衛門から聞いたことがあった。

「まずは、〈山落とし〉と言いまして、切り出した木材を、山の斜面から落とします」

その次が〈小谷狩り〉と言い、〈山落とし〉した木材を川の本流まで流すのだという。

そこから、木材を一本一本流して、集積地に運ぶのが〈大川狩り〉と言った。

集積地で木材を組み、積み出しの地や港に運ぶのが〈筏流し《いかだなが》〉だ。

「しかし、切り出した木を製材してもすぐには使えませんでね。それを知らない『武州屋』さんではないと思いますが、よほど切羽詰まったとしか——。生木は、一年かけて乾燥させなければ使えませんから、改修が済むのはかなり遅れることになりますよ」

当事者ではない山左衛門が、顔をしかめた。

六平太が、突然の訪問を詫《わ》びて立ちかかった。

「そうそう、なんですか、お登世が秋月様に話があると申しておりましたが」

お登世が、離れで待っているという。

離れに入るなり、冷ややかなお登世の眼が六平太を刺した。

お登世にそんな顔をされる覚えがなかった。

「今日は、市村座の芝居見物じゃありませんでしたか」

「付添いを断ったはずよ」

「他の付添いでも雇って、芝居には行くもんだと――」

お登世の眉間《みけん》に、能面の石王尉《いしおうじょう》に似た縦じわが刻まれていた。

「この前、『九観堂』のおじさんがわたしに会いに見えたわ」

美緒の父親のことだろう。

「美緒が、わたしには好いた人がいると言い張りまして、進めていた縁談がとうとう」

美緒の父親が嘆いたという。

お登世は父親に、美緒の好きな男に心当たりがないかと聞かれた。

「秋月様でしょ」

お登世が、射るように見た。

六平太は思わず笑った。

「誤魔化さないで」

「誤魔化すもなにも」

「美緒さんに、お酒を飲ませたくせに」

六平太の口が、思わず開いた。

「料理屋で具合の悪くなった美緒さんの横で、朝まで添い寝をしたそうね」

開いた口が塞《ふさ》がらないというのはこのことだった。

「昨日、美緒さんが来て、自慢げに話して行ったわ」

六平太が、ため息をついた。

お登世は、美緒の出まかせを真に受けたようだ。

「添い寝なんて、お優しいのね」

冷ややかに言うと、お登世が立ち上がった。

「今後一切、秋月様に付添いを頼むつもりはありませんので」

顎《あご》をつんと突き出すようにして、お登世が離れを出て行った。

日本橋の表通りから小路に入ったところに菓子屋があった。

もっぱら、求肥や餡を作って菓子屋に卸しているのだが、店先で小売もしている。奥には客用の床几《しょうぎ》が三つ並べられていた。

汁粉や求肥餡を目当てに、娘たちが通うのかもしれない。

六平太は、葛《くず》きりを口に入れた。

夕暮れ時の店の奥には、六平太以外、客の姿はなかった。

「いらっしゃい」

店先で声がしてすぐ、六平太の前に、縞《しま》模様の着物の美緒が現れた。

「池之端の料理屋に忘れた簪を届けに来たなんて、わたしを呼び出す口実でしょう」

美緒が、口の端で笑った。

「どうせ、お登世さんに何かいわれたのね」

六平太は、木場の『飛騨屋』を出ると、まっすぐ『九観堂』を訪ねた。

「わたしが酒を飲ませただの、添い寝もしただの、そんな出鱈目《でたらめ》を言っちゃ困りますね」

お登世の怒りを買ったことを打ち明けた。

「お登世さんに怒られたら、困るの？」

「付添いのお得意様を無くします」

「だったら、わたしと夫婦《めおと》になって頂戴。暮らしはなんとでもなるわ」

美緒が、顔を近づけて囁いた。

六平太が、小さく笑って残りの葛きりを口にした。

「わたし、商人の暮らしなんかいやだわ。世の中のいろんなことを見聞きしている人のおかみさんになりたいの」

美緒が、胸をそびやかした。

「見世物小屋で呼び込みをする男衆だって、生き生きして輝いてる。大川の船頭は、自分一人の腕で船を操るのよ。頼もしいし、逞《たくま》しい生き方だわ。秋月様も、そんな生き方をしておいでだもの」

「おれには、生憎《あいにく》女がいましてね」

ぞんざいな口を利いた。

「この前、そんなこと言わなかったくせに。一人身だって」

「おりきと言いまして、音羽の髪結いなんですがね。所帯を持ったわけじゃないんで、一人身と言ったんですよ」

「嘘」

美緒が口を尖らせた。

「かれこれ、七年の付き合いになりますかね」

付添いがない時は、おりきの家で何日も過ごすのだとも言った。

音羽でのおりきとの付き合いの様子を話していると、美緒の顔が強張《こわば》り、そして俯いた。

いつの間にか、六平太の口も、重くなっていた。

六

佐和が音羽に足を踏み入れるのは初めてだった。

二年ほど前、護国寺《ごこくじ》の境内に入ったことはあった。

佐和は六平太に、浅草田町《たまち》の古着商『山重《やましげ》』に行った後、聖天町に寄ると、嘘を言って元鳥越を出てきた。

四つ時（午前十時頃）の表通りは、季節柄、さほどの人出はなかった。

「桜木町の毘沙門の甚五郎さんのお宅を御存じでしょうか」

通りに面した小間物屋で道を聞くと、「親方のところはね」と親切に教えてくれた。

甚五郎の家の前で小さく息をつくと、思いきって足を踏み入れた。

「ごめん下さい」

枡形《ますがた》の土間に囲まれ板張りで談笑していた男たちが、一斉に佐和を見た。

「あの、こちらに菊次さんはおいで'でしょうか」

「菊次は用事で新宿に行ってますが、どちら様で」

三十半ばの男が、土間近くに立ってきた。

「わたし、兄が何かとお世話になっております、秋月でございます」

「親方っ」

三十半ばの男が声をあげる前に、男たちの中にいた恰幅《かっぷく》の良い四十半ばの男が立ち上がった。

「それじゃ、秋月さんのお妹さんで？」

親方と呼ばれた男が、佐和の前に膝を揃えた。

「わたしは、甚五郎と申しまして、秋月さんには日ごろから世話になっております」

甚五郎が頭を下げると、他の男たちも一斉に頭を下げた。

「佐太郎《さたろう》兄ィ、茶でも淹れましょうか」

「武市《たけいち》、気が利くじゃねぇか」

佐太郎と呼ばれた三十半ばの男の声に、どっと笑い声が上がった。

「お名は、たしか佐和さんでしたかねぇ」

「はい」

甚五郎が、零れるような笑顔を見せた。

「あ、お佐和さん」

外から土間に入って来た菊次が、眼を丸くした。

「菊次、おめぇを尋ねてお出でだよ」

甚五郎が言った。

「おれに、なにか？」

「え、えぇ」

佐和が、人前を憚って言い淀《よど》んだ。

「おい菊次、火鉢のそばで話をしな」

甚五郎が菊次に言った。

佐太郎が若い者たちに一言二言声を掛けると、てんでに板張りから去って行った。

「ごゆっくり」

甚五郎が、佐和に声を掛けて奥へと去った。

佐和が、菊次に勧められるまま板張りに上がり、火鉢の傍に座った。

「菊次さんに、おりきさんの家を聞こうと思って」

「あぁ。でも、おりき姐さん、いまこっちには居ませんよ」

昨日、内藤新宿で同い年くらいの女と歩いているおりきを見たという。

おりきの知り合いが内藤新宿の宿の女将《おかみ》さんになっていることを思い出したと菊次が言った。

「姐さんが時々家を空けてたのは、どうやらその女のとこに行ってたんじゃありませんかねぇ」

菊次はそういうと、ふうっとため息をついた。

「昨日は姐さん、今日はお八重ちゃんかぁ」

菊次が、ぽつりと呟《つぶや》いた。

居酒屋『吾作』で働いていた八重のことは、佐和も知っていた。

菊次が八重に思いを寄せていたことも知っている。

「お八重さんがどうかしたの？」

「さっき、内藤新宿で見かけまして」

「声はかけたの？」

「かけられませんでした」

天龍寺《てんりゅうじ》の山門から出てきた八重に、連れがあったという。

「連れは、若いお店者で、気になって後をつけたら、中町の料理屋に入って行きました」

菊次が、せつなげに、深く長くため息をついた。

甲州街道へ通じる往還は人馬が行き交い、小さく砂埃《すなぼこり》を巻き上げていた。

菊次から聞いた旅籠は、内藤新宿上町《かみまち》の『叶屋《かのうや》』だ。

佐和が、通りに面した北側に『叶屋』と染められた暖簾《のれん》を見つけた。

「こちらに、音羽のおりきさんという方がお出でじゃありませんでしょうか」

佐和が、応対に出た番頭に言うと、

「少しお待ちを」

番頭が、奥へと去った。

すぐに、戻って来た番頭のうしろから女将と思《おぼ》しき女が付いて来た。

「わたしは、ここの者でつやと申しますが、あなた様は」

佐和が言いかけた時、

「佐和さんじゃありませんか」

廊下の角から、意外そうな顔のおりきが現れた。

「菊次さんから、こちらを伺いまして」

佐和が、深々と腰を曲げた。

おりきが寝泊まりしている部屋は、一階の母屋の隅にあった。

住み込みの女中たちの部屋の隣りで、普段は行灯や火鉢を置く部屋だった。

明かり採りの小窓に障子が嵌《は》めてあった。

「聞きましたよ。佐和さんには、いいお相手がお出でになるそうですね」

横座りしていたおりきが、火鉢の火加減を見ながら言った。

音吉のことは、六平太から聞いていたようだ。

「おりきさん、今日伺ったのは、兄とはどんな風になっているのか、それをお聞きしたくて」

おりきが、顔を上げかけて、やめた。

おりきの様子がおかしいと、菊次も口にしていた。

六平太にしても、音羽から足が遠のいたように見えるのだ。

「佐和さんが家を出た後の、兄さんのことを心配してお出でですか」

「勿論《もちろん》、それは気になります。でも、長年おつきあいをしていた二人が、ここに来てどんな行き違いがあったのか、それが分からないままでは、わたしの気持ちの収まりが着かないのです」

おりきが、小さく頷いた。

往還の方で、微かに馬のいななきがした。

「ここに、迷いがあるんですよ」

おりきが、自分の胸に手を当てた。

「六平さんがどうこうということじゃないんです。わたしの、迷いです」

表情を見逃すまいと、佐和は、おりきの顔を見詰めた。

「わたし、小さい時分から、所帯を持ちたいと思って生きてこなかったんですよ」

おりきの顔に苦笑が浮かんだ。

「何も嫌だっていうんじゃありません。好いたお人と好い仲になる。それでいいじゃないかなんて——、夫婦になる、所帯を持つって、いったいどういうもんだろうなんて。そりゃ、周りを見ていれば、その形は分かります。でもねぇ」

おりきが、小さくため息をついた。

「十二で二親を亡くして、みなし児になったせいですかね」

「でしたら余計、身内を持ちたいと願うように思いますが」

「そういうお人も居ましょうが、わたしはどうも、そっちじゃぁないようです」

十二で一人になったおりきは、周りに助けられて生きてきたという。

放りだされたら、一人で生きる手立てがなかった。

それでついつい、周りの顔色を窺う癖がついた。

「髪結いになってからは、上眼づかいでおどおどすることはなくなりました。なにせ、荒れた世間、汚れた世間を泳がなきゃなりませんでしたからねぇ。でも、ふとした拍子に昔の癖が顔を出すんです。小さい頃から溜《た》めこんだ、気性といいますかねぇ。好いた人とひとつ屋根の下で所帯を持っても、つい、そんな気性が顔を出すんですよ。それで以前、六平さんと知り合う前ですが、一緒に暮らしていた男に嫌われて、出て行かれたことがありました」

おりきが十八、九の頃だった。

「わたし、男勝りを気取ってますけど、それは表だけ。やきもきと気を揉《も》む性分なんですよ。焼き餅《もち》も焼くんです。それをずっと勝ち気という風呂敷《ふろしき》にくるんで生きて来ましたが、その風呂敷がどうも、脆くなったというか、緩んだというか——、六平さんにだって、いつ愛想を尽かされることになりはしまいかと、ついつい気を揉んで」

「兄が、それほど度量が狭いとお思いですか」

佐和を見たおりきが、小さく、ぶるぶると首を横に振った。

すぐに俯くと、今度は、大きく首を横に振った。

佐和は黙り込んだ。

六平太とおりきの間に、これという諍《いさか》いがあったわけではないことは分かった。

「わたしね、子を産めないようでしてね」

ぽつりと、おりきが呟いた。

「兄が、子を望んでいるのでしょうか」

「そうじゃありません」

「でしたら」

「所帯を持って、六平さんがもし、養子を取りたくなったらと――。それも、男の子を」

「おりきさん」

「いえ、もしですよ。仮の話です」

おりきが、取り繕ったように慌てた。

「佐和さんのお相手には、女の子がいるということですから、お分かりでしょう。女の子はしっかりしてますから、気を遣って新しいおっ母さんにもすぐ懐こうとします。でも、それが男の子だったら」

「男の子なら？」

思わず佐和が顔を突き出した。

「死んだ母親と比べてしまうんじゃないかと」

「死んだと言いますと？」

「いえ、譬《たと》えです」

おりきは、またしても取り繕った。

「兄は、男の子を養子にと言っているのですか」

「何も、口にしたわけじゃありません」

「おりきさんの取り越し苦労じゃありませんか」

「ええ、だけど、――それは、そうなんですけど」

おりきは、小さくなった最後の言葉を飲み込んで、息を吐いた。

考えなくてもいいことまであれこれ考える、おりきは、そんな性分なのだろうか。

六平太とおりきになにがあったのか、佐和は、とうとう分からずじまいだった。

「わたしが尋ねたことは、兄には内証にして下さい」

おりきにそう言って、佐和は、『叶屋』を辞去した。

七

昨日一日、雨とともに吹き荒れた風が、今朝になってぴたりとやんだ。

「兄上、井戸端の柿《かき》の木が」

夜が明けてすぐ、佐和の声がした。

六平太が井戸端に行くと、佐和が呆然《ぼうぜん》と足元を見回していた。

井戸の覆いや釣瓶《つるべ》に、濡《ぬ》れた柿の葉が張り付いていた。

井戸の周りにも、柿の葉に混じって、どこからかとんで来た枯れ葉が散らばってい
た。

「冬の嵐《あらし》が一昨日《おととい》じゃなくてよかったな」

「え？」

佐和が、戸惑ったように六平太を見た。

一昨日、佐和は浅草田町の古着商『山重』に行き、ついでに音吉の住まいのある聖天町に立ち寄ると言って出掛けた。

「ええ、ほんとに」

佐和が、気のない返事をした。

朝餉を済ませるとすぐ、佐和が井戸端の掃除を始め、六平太は、庭の落ち葉を集めることになった。

木場の『飛騨屋』から使いが来たのは、落ち葉掃除が一段落した時分だった。

「お内儀さんが、秋月様に昼餉を用意しますので、是非にもお出で願いたいとのことでございます」

使いが、告げた。

「承知しました」

そう返事をしたものの、ふと首を傾げた。

六平太は、お内儀から呼び出される理由に心当たりがなかった。


九つを少し過ぎた頃、六平太は『飛騨屋』についた。

母屋の勝手口で声を掛けると、

「あぁ、秋月様、伺っておりますよ。さ、どうぞ」

台所から顔を出した古手の女中が、六平太を中に招じ入れた。

女中に案内されたのは、『飛騨屋』では小ぶりの、庭に面した部屋だった。

そこに、ふたつのお膳が向かい合って置かれていた。

「秋月様は、こちらへ」

女中が指したお膳の前に腰を下ろした時、縁からするりと入って来たお登世が、取りすました顔で六平太の向かいに座った。

「おきち、すぐにね」

「はい」

女中が部屋を出ていった。

途端に、取り済ましていたお登世の頰《ほお》が緩んで、満面の笑みが浮かんだ。

「うふふ」

六平太を覗きこむようにして、笑い声を洩らした。

「わたしが呼びだしても、お出でにならないと思ったから、おっ母さんを持ち出したの。うふふ」

お登世が、手で口を押さえて、また笑った。

「お待たせいたしました」

古手の女中と若い女中が来て、お膳に弁当を置いた。

恐らく、馴染《なじ》みの料理屋に届けさせたものだろう。

「秋月様、お酒は如何？」

「いえ、それは」

女中二人が出て行った。

「さ、ご遠慮なく」

「は」

六平太が、箸を取った。

お登世を窺うと、先日の癇癪《かんしゃく》を忘れたように、嬉々《きき》として弁当に箸を延ばしていた。

狐《きつね》につままれたようである。

「うふふ」

お登世がまたしても笑った。

「昨日、美緒さんが来たわ」

「ほう」

「秋月様のこと、ひどく腹を立ててたわ。あんないい加減な人、大嫌いですって。ふふ。あんな人、好きでもなんでもなかったの、なんてことも口にしたのよ」

お登世の顔は楽しげである。

親が勧める縁談の相手が嫌だったから、好きでもない六平太を当て馬にしたのだと、美緒は言った。

「あんな男、お登世さんにあげるわよ」

美緒が、吐き捨てるように言ったらしい。

「お登世さんの婿にでもなって、木場の材木の皮でも剥《む》いてればいいのよ」

美緒は、言うだけ言うと帰って行ったという。

「でもね、わたし、半分は本気だったと思うのよ」

お登世が、囁くように言った。

「美緒さんは、自分の思い通りに行かないことがあると、掌を返したように罵《ののし》るのよ。お琴の稽古《けいこ》だって、うまくいかないと、本当はお琴なんかやりたくなかったなんて。贔屓《ひいき》だった役者が浮名を流したりすると、そういう男だと思ってたのよなんて、すぐ切り捨てる人なの」

お登世の声が、黙々と食べる六平太の頭の上を通り過ぎた。

「秋月様は大変でしたわね」

お登世が言って、うふふと笑った。

つい先日、怒って嫌味を言ったのはどこの誰だと言いたかったが、やめた。

「今後、わたしに付添いを頼まないと仰ったことは？」

「なんのことかしら」

お登世は、小首を捻ると、南瓜《かぼちゃ》の煮物を口にした。

忘れたものか、とぼけているのか、判断がつき兼ねた。

「心外じゃ」

離れの方から、しわがれた男の声がした。

「お待ちを」

「しばらく」

他の男たちの切迫した声が続いた。

身体を捻った六平太が、障子を少し開けて顔を出した。

離れから、足音を立てて出てきたのは、十河藩江戸留守居役、小松新左衛門《こまつしんざえもん》だった。

追いかけて、引き留めようとしているのが、江戸家老、松村彦四郎《まつむらひこしろう》だ。

「小松様、いましばらくっ」

顔を赤くした松村が困惑して声をかけた。

眼をつり上げ、口をへの字に固く結んだ小松に聞く耳はなかった。

体格に勝る松村が、遠慮気味に小松の袖を摑《つか》んだ。

「放せっ」

松村の手を振り払おうとした小松の眼が、六平太を向いた。

気付いた松村が、ぎくりと六平太を見た。

六平太を睨む小松の眼に、みるみる怒りの色が広がった。

だがすぐに、足早に立ち去った。

「小松様」

彦四郎がおろおろと後を追った。

その後から、『飛騨屋』の山左衛門が、『武州屋』の伝兵衛《でんべえ》と共に現れた。

山左衛門に平身低頭していた伝兵衛が、小松や松村を追うように表へと急いだ。

六平太に気付いた山左衛門が、部屋に入って来た。

「あら、お父っつぁんの分はありませんよ」

「秋月様と話がある。あとで呼びますから、しばらく席をはずしておくれ」

「では、あとで」

お登世は素直に部屋を出た。

「驚きましたねぇ、『飛騨屋』さんを切った十河藩の面々と、その上『武州屋』まで」

六平太は、感心したように軽く唸った。

まるで、芝居場を見たような心地だ。

「三河国、宝徳寺《ほうとくじ》改修の木材が間に合わない様子でした。『武州屋』さんには頭を下げられましたよ」

「それで？」

宝徳寺改修は、十河藩が幕府から命じられた役目だった。

十河藩の重役共々うち揃い、木材の不足分を『飛驒屋』に頼みに来たという。

「承知しました」

山左衛門は、淡々としていた。

「しかし、向こうの都合で『飛驒屋』の出入りを差しとめた連中の頼みを、よくもまぁ受けたものだ」

六平太が、さらに感心して唸った。

「商いですからな」

山左衛門が、小さく笑った。

「『飛驒屋』さんが承知したのなら、留守居役がなんでむくれてたんですかね」

小松新左衛門の形相は、ただ事ではなかった。

いつもの恵比寿《えびす》顔が、鬼の顔になっていた。

「わたしも商人です。困っておいでだからと、呑気《のんき》に手助けするつもりはございません。木材を都合するかわりに、十河藩にお願いを申しあげまして」

「つまり」

「誓約をお願いしましたところ、小松様は殊《こと》のほかご立腹で」

「十河藩が誓約を飲まない時は」

「木材は都合しかねると申しました」

木材が揃わなければ、寺の改修は頓挫《とんざ》する。

十河藩の行く末が、危うくなる。

留守居役、小松新左衛門を激怒させた誓約がどんなものか、聞きたかったがやめた。

商いの詳細を、山左衛門が軽々《けいけい》に打ち明けるとは思えなかった。


『飛驒屋』を出た時から、付けられていると気付いた。

六平太は、繁華な通りを避けて、三十三間堂脇の堀沿いの道を北に向かった。

永居橋の手前で、六平太が振り返った。

「『飛驒屋』を焚《た》きつけたのは、その方か」

両腕をぐいと下に延ばし、いつでも抜ける構えで岩間孫太夫《いわままごだゆう》が両足を踏ん張っていた。

「なんのことだ」

六平太に覚えはなかった。

「藩政改革のことだ」

「ん？」

六平太は、首を傾げた。

「十年以上も前の恨みを、今になって晴らそうとでもいうのかっ」

「おれにゃなんのことか」

「よりによって、お家の大事を前にこのような意趣返しとは！」

岩間の手が、刀に掛かった。

「武士が一旦抜いたら、とことんやり合わねばならんが、いいのか」

刀に手を掛けたまま、岩間の顔が歪んだ。

「おれはいいが、お家の大事を前に、十河藩の徒頭《かちがしら》が浪人と斬り合いなんぞしちゃ、それこそ不味《まず》かぁねぇかねぇ」

岩間が、六平太を睨みつけたまま踵を返した。

砂を蹴《け》るようにして去る岩間の姿が見えなくなるまで、六平太は立ちつくした。

八

黄昏《たそがれ》の元鳥越の通りは、家路を急ぐ者たちが行きかっていた。

日の入りの四半刻（約三十分）前が出職の者の仕事じまいの時刻だが、日が短くなるため冬場の仕事じまいは夏場よりも早まる。

日暮れが早いと、大工も左官も仕事にならない。

六平太が、秋月家の玄関に入ると、

「お、帰ぇったようだぜ」

庭の方から、留吉の声がした。

「お帰りなさい」と、佐和と熊八の声が揃って届いた。

六平太が縁に出ると、

「お帰りなさい」

音吉が会釈した。

「音吉さん、さっき、見えたの」

佐和が、戸惑ったような笑みを浮かべた。

「外まで賑《にぎ》やかな声が届いてたぜ」

「いやね、もうちょっとで今年も師走《しわす》だねぇって話をね」

留吉が軽く唸って腕を組んだ。

地べたに大工道具を置いているところを見ると、仕事帰りだ。

「師走になりゃ、熊八は忙しくなるな」

「へへへ、まぁ、そうなんですがね」

暮れから正月は、大道芸人の熊八の書き入れ時である。

「仕事もそうだが、師走ともなりゃ、煤払《すすはら》いに墓参り、いろいろありすぎて眼が回るからなぁ。火消しはどうなんだい？」

留吉が、音吉を見た。

「ええ、わたしらもいろいろとありまして」

音吉が、いつになく控えめだった。

「今日、おきみちゃんは」

六平太が聞くと、

「え、ええ、近所に預けて来ました」

「畳屋さんに」

佐和が、言い添えた。

音吉が、娘を置いて来ることは珍しい。

なにか用があって来たのかもしれない。

「しかしなんだ、師走には頭の痛いもんも待ってるからな。溜まった酒や味噌の掛け取りがよぉ」

留吉が腕を組んだ。

「わたしの知り合いがね、大晦日《おおみそか》は家を明けると言ってました。除夜の鐘が鳴り終われば、掛け取りも諦《あきら》めますから」

熊八がもったいぶった顔で言った。

「それで逃げおおせたのか」

「翌年、つけが効かなくなったとかで」

ははは、熊八と留吉が大笑いをした。

「じゃ、わたしはまた」

音吉が、縁から腰を上げた。

「あの」

佐和が、腰を浮かせた。

「また来ますので」

音吉が、佐和と六平太に頭を下げた。

「音吉さん、なにか話でもあったんじゃないのか」

六平太が、気を利かせた。

「えぇ、でも」

音吉が、背を向けたまま口ごもった。

「先延ばしにすりゃ、口にする折りがなくなるよ」

佐和が、引きつった顔を伏せた。

音吉が、六平太に身体を向けた。

「佐和さんと、所帯を持つのを、承知してもらいてぇ」

音吉のかすれた声に必死さがあった。

佐和が、六平太を見た。

留吉と熊八は、口を半開きにして成り行きを見ていた。

「いつ切り出すのかと、待ってたんだよ」

六平太が、笑みを洩らした。

「兄上」

「おう。いいよ」

佐和が、手で顔を覆った。

「音吉さん、頼むよ」

音吉が、深々と頭を下げた。

留吉と熊八が、ばたばたと庭を出て行った。

佐和と音吉のことは、明日には近所中に知れ渡っていることだろう。


夜になって、しんと冷え込んだ。

六平太が、長火鉢の鉄瓶に入れていた銚子を摘まみ出した。

湯呑に注いだ。

いい香りがした。

夕刻、音吉が帰り、佐和と二人きりになると、奇妙なことに、取りとめのない話しかしなくなっていた。

六平太は、もっぱら『飛驒屋』で出た弁当について話した。

佐和にしても、留吉と熊八が面白い話をしていたと口にした。

夕餉の膳で向き合った時には、話すことがなくなっていた。

「兄上」

襖《ふすま》の向こうから佐和の声がした。

「起きてたのか」

「眠れなくて」

酒でもどうだ、と口に出かかったが、飲み込んだ。

「兄上」

「うん」

「今日は、ありがとうございました」

泣いているような声だった。

「よかったな」

「はい」

「もう、寝ろ」

それから、佐和の声はしなくなった。

六平太は、盃を口に運んだ。

酒が、腹に沁《し》みた。

なにか、ひと仕事終えたような心地よさが、六平太の胸に沁み渡った。

第四話　大つごもり

一

朝日を浴びた浅草御蔵《おくら》の周辺は、立ち働く男たちの活気に満ちていた。

月の替わりは明日だが、浅草寺《せんそうじ》へ通じる往還を行き交う人の足には、まるで師走《しわす》のような慌ただしさがあった。

元鳥越《もととりごえ》の秋月《あきづき》家を出た六平太《ろっぺいた》は、鳥越橋にさしかかっていた。

橋を渡って、六平太が向かった先は、福井町の市兵衛《いちべえ》の家である。

今日が、毎月の借金返済の期限だった。

「秋月ですが」

六平太が玄関の三和土《たたき》に立った。

奥から出てきた市兵衛の顔が、不機嫌に歪《ゆが》んでいた。

「今月は二朱（約二万二千五百円）ばかり」

六平太が、差し出した。

受け取った市兵衛は、何も言わず金を袂《たもと》に落として、座り込んだ。

「返済の時しか、顔をお出しになりませんな」

帳面を広げた市兵衛の声に、気のせいか棘《とげ》があった。

「わたしは秋月さんにあの家をお貸ししている家主です」

「そりゃもう、重々承知しているが」

「十二年前、佐和《さわ》さんとそのお母上、それにあなた様のお三人が裏店《うらだな》にお住まいになったのが始まりでした」

六平太が、首を捻《ひね》った。

市兵衛の機嫌を損ねることをした覚えはない。

「ところが、当主たるあなた様は家には殆《ほとん》ど寄りつかず、働きもしないで放蕩三昧《ほうとうざんまい》。佐和さんとお母上が、爪《つめ》に火をともすような暮らしを強いられていたことも、わたしは眼《め》にしてきたのでございますよ」

「市兵衛さん」

「お母上がお亡くなりになり、その後、元鳥越に戻ったものの、これという働きのない兄様との暮らしを立てるために、仕立て直しに勤《いそ》しむ佐和さんの行く末は、わたしにとりましても昔からの気掛かりだったのですがね」

あっ。六平太が胸の内で叫んだ。

「その佐和さんのおめでたい話を、留吉《とめきち》が知っていたのに、わたしは昨日までとんと知らされず」

迂闊《うかつ》だった。

佐和が所帯を持つ話を知らせなかったことに、市兵衛は拗《す》ねていた。

「いや、実はまだ、日取りも何も決まったわけじゃなく、相手は浅草の火消しでして、向こうの頭《かしら》などと話し合いをしてからがいいと思ってたもので」

市兵衛は、依然、口をへの字にしていた。

「わたしも何かと飛び回っていまして、ですが、ともかく今度、佐和には挨拶《あいさつ》に伺わせますので」

頭を下げた六平太が、逃げるように玄関を飛び出した。

元鳥越の家に戻った六平太は、佐和を、急ぎ市兵衛の家に行かせた。

すると、

「市兵衛さんにもお内儀のおこうさんにも、心からのお祝いを頂戴《ちょうだい》しました」

帰って来た佐和が、安堵《あんど》したように笑みを浮かべた。

付添いの口がなく、六平太は二日ばかり暇を持て余していた。

毘沙門《びしゃもん》の甚五郎《じんごろう》の使いが来たのは、師走に入って三日目だった。

「明日、音羽《おとわ》にお出《い》で願いたい」

次の日の朝、六平太は勇んで音羽に向かっていた。

五つ半（九時頃）に居酒屋『吾作《ごさく》』で待っているというのが、甚五郎の言伝だった。

『吾作』の親父《おやじ》、吾作が死んで一月ばかりが経《た》つ。

六平太は、言われた時刻よりも早く音羽に着いた。

表通りから小路《こうじ》に入ると、居酒屋『吾作』の戸が開いていて、中に人の動く気配があった。

六平太が、思い切って足を踏み入れた。

「秋月さん、わざわざすみません」

八重《やえ》の養母、お照《てる》が申し訳なさそうに腰を曲げた。

中には、甚五郎はじめ、八重、菊次《きくじ》、そして二人の男がいた。

「あぁ、お名前は以前からお照さんに伺ってます」

お店者《たなもの》と思える細身の若い男が、人のよさそうな笑みを向けた。

「こちらは、内藤新宿の料理屋『瀧《たき》のや』の若旦那《わかだんな》の清寿郎《せいじゆうろう》さん。こっちは、その板前の田之助《たのすけ》さんです」

甚五郎が、清寿郎と呼んだ男と、その横に立つ男を指した。

肩幅のある四十絡みの田之助が、六平太に頭を下げた。

「『瀧のや』の旦那さんに、料理人探しの相談をしましたら、清寿郎さんに、田之助さんをしばらく貸して下さると、言って頂きまして」

お照が言った。

「いえね、お照さんにはいつも、小唄《こうた》のおさらい会で『瀧のや』を使って頂いてますし、お八重さんのこの店への思いにも心打たれましたので、お父《と》っつぁんを説き伏せまして」

自慢をする風でも無く、清寿郎が言った。

「でも、それじゃ『瀧のや』さんがお困りじゃないんですか」

八重が、気遣わしげに言った。

「どうなんです清寿郎さん」

六平太が思ったことを、甚五郎が口にした。

「それはご心配なく」

清寿郎が言うと、

「若旦那の仰《おつしや》る通りでして」

田之助が、言い添えた。

田之助を居酒屋『吾作』の板場に推したのは、『瀧のや』の板場を預かる親方だという。

いずれ田之助を独り立ちさせようと考えていた親方が、今のうちに余所《よそ》で腕を磨かせようという親心を発揮したのだった。

「ここを田之助さんにお願いしている間に、居酒屋『吾作』の板場を任せられるような料理人を探すか、育ててもらえればと」

お照が、意見を求めるように甚五郎と六平太を見た。

「田之助さんさえよけりゃ、わたしはなにも」

甚五郎が、六平太を窺《うかが》った。

「おれも、居酒屋『吾作』の提灯《ちようちん》に灯が入るなら、何も言うことはありませんよ」

「ありがとうございます」

お照が頭を下げると、八重もそれに倣《なら》った。

「ふつつか者ですが、よろしくお願い申し上げます」

田之助が、丁寧に腰を折った。

『瀧のや』の二人と今後の話し合いをするというお照と八重を残して、六平太は、甚五郎と菊次と共に居酒屋『吾作』を出た。

「うちにお寄りになりますか」

桜木町で甚五郎に声を掛けられたが、遠慮した。

六平太は、その足で小日向水道町《こびなたすいどうちょう》のおりきの家に向かった。

「おれだが」

玄関から声を掛けると、

「どうぞ」

おりきの声がした。

六平太が居間に上がると、おりきが、襦袢《じゅばん》や湯文字を風呂敷《ふろしき》に包んでいた。

「出掛けるのか」

「四谷塩町《しおちょう》で髪結いを済ませたら、内藤新宿の知り合いの所に行く約束でして。でも、まぁ、お座りよ」

六平太が、胡坐《あぐら》をかいた。

「『吾作』のことで毘沙門の親方に呼ばれたもんで」

「あぁ。『瀧のや』の板前が入るらしいね」

おりきは、昨日、ばったり会ったお照から聞いたという。

「実はよ、佐和がとうとう所帯を持つことになってな」

「あら」

台箱の引き出しを開けて、道具を改めていたおりきが、振り向いた。

「例の、火消しの？」

「祝言は年越してからだろうが」

「へぇ。六平さんが一人になりますか」

「あぁ」

「『吾作』の方も目処《めど》がつき、佐和さんにしても、こうして身の始末がついていくんだねぇ」

おりきが呟《つぶや》くように言うと、耳に掛かった髪を櫛《くし》で撫《な》でつけた。

「けど、六平さん、一人でやっていけるのかい？」

おりきが、からかうような物言いをした。

「そりゃ、一人でもやっちゃいけるが」

六平太が、言いかけておりきを見た。

おりきは台箱の引き出しから使い古しの油紙を取り出した。

「お互い一人身になるとなれば、考えてもいいんじゃねぇか」

「考えるって」

おりきが、顔を向けた。

六平太が、自分とおりきを指で指した。

「わたしたちってこと？」

「先々のことをさ」

六平太は努めてさらりと口にした。

油紙を掌《てのひら》で丸めると、おりきは、火鉢の炭の上に乗せた。

すぐに火が移って、油紙が燃え上がった。

「それは、おいおい考えることにしようじゃないか」

おりきが、火鉢の縁に両手を突いて立ち上がった。


六平太とおりきが江戸川橋にさしかかると、音羽の方から清寿郎と田之助が橋を渡って来た。

「こりゃおりきさん」

笑顔を向けた清寿郎が六平太を見た。

「あ、さきほどは」

「どうも」

六平太が、ぎくしゃくと会釈した。

その時、桜木町の家の陰からそっと様子を窺う菊次の姿が目に入った。

「若旦那、『吾作』のことは聞きましたよ」

「お照さん親子のお力になりたいと思いましてね」

清寿郎がおりきに答えた。

おりきが四谷に行くと知ると、

「では途中までご一緒に」

清寿郎がおりきと並んで歩き出すと、田之助も続いた。

六平太は踵《きびす》を返し、小石川から本郷へ抜けて、元鳥越に帰るつもりだった。

「あの野郎、前に見たことあるんだよ」

家の陰から出て来た菊次が、去って行くおりきたちの方を睨《にら》んだ。

「清寿郎とかいう若旦那。内藤新宿の、時の鐘のある天龍寺《てんりゅうじ》から、お八重ちゃんと出て来るの、見たんだ」

さっき、『吾作』の中で一言も口を利かなかった菊次は、八重と清寿郎の間柄を気にしていたようだ。

「お照さんにちらと聞いたら、小さい時分からの顔なじみというだけらしいが、この先どうなるか」

「どうっていうと?」

「『瀧のや』の板前が『吾作』に入るとなると、あの若旦那だってちょいちょい顔を出しそうじゃありませんか。ということは、お八重ちゃんともたびたび顔を合わせることになる」

あぁあ、菊次がため息をつくと、

「じゃ兄ィ、また」

何度も首を捻りながら、菊次は桜木町の方に去って行った。

二

一旦元鳥越に帰ろうとした六平太だったが、その足を芝へと向けていた。

何日か前、憤然と『飛驒屋《ひだや》』を出て行った、十河《そごう》藩江戸屋敷留守居役、小松新左衛《こまつしんざえ》門《もん》のことが気になった。

木材の調達に苦慮する『武州屋《ぶしゅうや》』から援助を求められた『飛驒屋』は、受ける代わりに、十河藩にある条件を出したという。

小松新左衛門はそれを一蹴《いっしゅう》して席を立ったのだ。

だが、『飛騨屋』の条件を飲まなければ、十河藩の、三河国宝徳寺《みかわのくにほうとくじ》の改修工事は頓挫《とんざ》する。

江戸屋敷に勤める園田勘七《そのだかんしち》なら、その後の様子を耳にしているかもしれない。

さいわい、勘七は組屋敷に居た。

「よいところへ来た」

勘七が、六平太を招じ入れた。

六平太は、『飛騨屋』で見聞きしたことを打ち明けた。

『飛騨屋』からの帰り、徒頭《かちがしら》、岩間孫太夫《いわままごだゆう》に刀を抜かれそうになったことも明かした。

「『飛騨屋』を焚《た》きつけたのは、その方か」

岩間は眼を吊《つ》りあげ、「藩政改革のことだ」とも口にした。

「藩政改革だよ」

勘七が、厳しい顔で囁《ささや》いた。

『飛騨屋』が、藩の重役に対して、藩政の改革を要求したという。

人材の登用、殖産の奨励、国産会所の充実を図るというのが主旨だった。

「ろっぺい、これをどう思う。十二年前、藩政改革派が訴えていた内容と大差ない条項だ」

その当時、改革派を一掃した守旧派の筆頭が、国家老の宮津太郎左衛門《みやつたろうざえもん》であり、江戸留守居役、小松新左衛門であった。

小松新左衛門には受け入れがたい『飛騨屋』の条件だろう。

「それで、藩としてはどうするんだ」

「小松様と江戸家老の松村《まつむら》様の間で激論が交わされていたようだが、収拾はつかなかった」

江戸と信濃《しなの》の国元に人の行き来、書状のやりとりが頻繁に行われているという。

追い詰められた小松新左衛門は、『武州屋』や『飛騨屋』を見かぎるかのように、他の材木商探しに奔走していたようだ。

だがそれも、手詰まりとなった。

「ついに、小松様が折れた」

「ほう」

宝徳寺改修工事が進まぬとなれば、藩主がお咎《とが》めを受ける事態をも招く。

最悪、お家の断絶を覚悟しなければならないところへ追い込まれて、藩は『飛騨屋』の条件を飲んだのだ。

「背に腹は替えられんということか」

六平太にこれという感慨はなかった。

勘七の屋敷を出た六平太は、愛宕下《あたごした》を目指した。

あと半刻《はんとき》（約一時間）もすれば、日は西に沈む頃合いだった。

十河藩加藤《かとう》家の江戸屋敷の前を通りかかると、開いた門の中から早駕籠《はやかご》が一丁飛び出して来た。

埃《ほこり》まみれの旅装の武士が二人、足早に門の中に入った。

「それで、国元も江戸もてんやわんやの騒ぎだ」

勘七が言ったことに間違いはないようだ。

六平太がゆるりと歩を進めていると、警護の侍に護《まも》られた乗り物が屋敷から出てきた。

ふと足を止めた警護の侍が、笠《かさ》に手を掛けて六平太を見た。

笠の下に、岩間孫太夫の鋭い眼差しがあった。

乗り物の中で揺られているのは、小松新左衛門だろうか。

六平太は、急ぎその場を離れた。


師走に入ってからというもの、六平太に付添いの口が殆ど掛からなくなっていた。

世の中は年越しに向かって忙しく、行楽どころではなかった。

それはすなわち、実入りがないということだ。

六平太は、朝餉《あさげ》を済ませるとすぐ家を出て、神田岩本町の口入れ屋『もみじ庵《あん》』に顔を出した。

「生憎《あいにく》でしたなぁ」

親父の忠七《ちゆうしち》が、憐《あわ》れむように見た。

「冬場、江戸に働きに来る連中の口ならなくはないんですが、秋月さんにはちと無理でしょうしねぇ」

この時期、親父がいつも吐く台詞《せりふ》だった。

「この際、『飛騨屋』さんに泣きついたらいかがです?」

二枚重ねの親父の嫌味をぐっと抑えた。

「また来る」

表に飛び出したとたん、六平太は苦々しく舌打ちをした。

両手を袖から抜くと、懐に突っ込み、当てもなく歩き出した。

神田川に架かる和泉橋の袂に出て、どこへ行こうか左右に眼を遣《や》った時、声が掛かった。

「秋月さん」

矢島新九郎《やじましんくろう》が、目明かしの藤蔵《とうぞう》と歩いて来た。

「朝から何ごとですか」

新九郎が聞いた。

「秋月さんが懇意にしておいでの口入れ屋がこの近くでして」

藤蔵が、代わりに言った。

「そっちこそ、朝っぱらから連れだって、どうしたんだい」

「何日か前に藤蔵がお縄にした凶状持《きょうじょうも》ちが、ゆんべ牢《ろう》屋敷で死にましてね。その後始末ですよ」

新九郎が苦笑いを浮かべた。

牢屋敷のある小伝馬町《こでんまちょう》が近かった。

「そうだ。以前、矢島さんに、料理人に心当たりがないか聞いたことがあったね」

「あれは見つかったんで、ご放念願います」

「音羽の例の？」

「承知しました」

新九郎が頷いた。

「ひょっとして、秋月さんはこれから木場の『飛驒屋』さんですか」

いや、と言いかけて、六平太が言葉を飲んだ。

「あぁ、これからちょっとな」

六平太の行き先が、決まった。

『飛騨屋』に泣きつくつもりではない。

主《あるじ》の山左衛門《さんざえもん》に聞いておきたいことがあった。


六平太が『飛騨屋』に行くと、奥の座敷に通された。

ほどなく、山左衛門が入って来た。

「秋月様はもしかして、わたしが十河藩にお願いした条件をお知りになりましたか」

山左衛門が、柔和な顔でさらりと言った。

勘が鋭いというより、洞察する能力に長《た》けているのだ。

「藩政改革を持ち出されたわけをお聞かせ願いたいと思いまして」

六平太は以前、十河藩出入りの商人としての存念を、じかに山左衛門から聞いていた。

留守居役、小松新左衛門と江戸家老、松村彦四郎《ひこしろう》の間に対立があると分かった時のことだ。

その時、山左衛門はどちらの側にもつくつもりはないと言った。

今回の藩政改革は、国元の中老、石川頼母《いしかわたのも》と松村彦四郎の側が標榜《ひょうぼう》していた。

「先日も申しました通り、『武州屋』さんに木材をご用立てするのは、商いです」

山左衛門が、淡々と口を開いた。

「売ったからには、代金を払って頂かねばなりません」

しかし、今の十河藩にそれだけの財力はないのだという。

藩が行き詰まったら、木材の分も残債の返済も覚束《おぼつか》なくなる。

「にもかかわらず、十河藩には、今以上の収益を得る手立てがないのです」

山左衛門の顔が引き締まった。

「十二年前、十河藩を揺るがす対立があったことは、秋月様もよくご存じでしょう」

藩政の改革を望む側とそれを阻止しようとする側の対立だった。

「あの時の騒動に巻き込まれて、秋月様が理不尽にもお家を追われたということを知ったのは今年のことでした」

小松新左衛門が話したとは思えない。

おそらく、江戸家老の松村彦四郎が口にしたことだろう。

「対立に勝った守旧派は、その後慢心と驕《おご》りに浸り、藩の財政を立て直すことを怠ったのです。それが、こんにちの財政難の始まりでした」

六平太が、眼を見張った。

「わたしは算盤《そろばん》を弾《はじ》く商人です。売った物の代金を払って頂く当てがなければ、木材の調達など引き受けられません」

財政再建のための藩政の改革こそ、『飛驒屋』が十河藩に突きつけた、商いの担保だった。

六平太が、低く唸《うな》った。

大名家の施政にも影響を及ぼす商人の底力を、六平太は思い知った。

「そうそう。おかねが、秋月様にお話があると申しておりましたが」

いつもの穏やかな顔に戻って、山左衛門が微笑《ほほえ》んだ。


六平太が、『飛驒屋』の裏庭に足を踏み入れるのは初めてのことだった。

池には水が張られ、築山《つきやま》の麓《ふもと》に東屋《あずまや》があった。

殆どの樹木が葉を落としていたが、時節になれば、この庭が小ぶりな野山に様変わりすることは想像に難くない。

庭の一画にひっそりと佇《たたず》む茶室に入ると、おかねが待ちかねたように笑みを見せた。

「わざわざ申し訳ありません」

「なんの」

六平太が膝《ひざ》を揃《そろ》えて座った。

「今日、お登世《とせ》さんの姿を見掛けませんが」

「折りよくと申しますか、本所の親戚《しんせき》の家に孫が生まれまして、そのお祝いに」

おかねが、手早く抹茶を立てて六平太の前に置いた。

「作法をよく知りませんが」

「どうぞ、お好きなように」

六平太は、以前二、三度見掛けたことのある抹茶の飲み方を思い出しつつ、飲んだ。

「どこの誰が縁付いた、子を産んだなどと聞きますと、お登世のことが案じられましてねぇ」

膝に置いた手の甲を、もう一つの手で擦《こす》りながら、おかねが言った。

「お登世さんは、婿を迎えられるのでは」

「話は幾つかありましたが、当のお登世が強情で、なかなか首を縦に振りません」

「お登世さんには、思う相手があるんじゃありませんか？」

おかねが、はたと六平太を見た。

「え？」

六平太が、茶碗《ちゃわん》を口に運びかけてやめた。

「秋月様はこの前『九観堂《きゅうかんどう》』のお美緒《みお》さんの付添いをなさいましたね」

日本橋の薬種問屋の娘だ。

「あのとき、お登世がその、お美緒さんと秋月様の様子に、なんと言いますか、焼き餅《もち》を焼いたようなことがありまして」

美緒のことで、お登世が嫌みな物言いをしたことは覚えていた。

眼には険さえあった。

「そんなことなどを見ていてふっと思ったのは、お登世はもしかして、秋月様に思いを抱いてるのではないかと」

「まさか」

六平太は思わず口にした。

お登世が向ける眼差しに、時々ふっと女の艶《つや》を感じたこともあるが、長年の付き合いの間に、遠慮の垣根が取れたくらいにしか思っていなかった。

兄のような相手に見せる、お登世の甘えだと思っていた。

「秋月様は、刀をお置きになる気持ちがおありでしょうか」

六平太が眼を見開いた。

おかねは、六平太に侍を捨てられるかと言っているのだ。

「もし、そのような気持ちがおありなら、お登世の婿として『飛騨屋』にお入り頂けないかと」

「いや、お内儀しばらく」

「商いというものを御存じないことは重々承知しております。ですが、わたしどもには目端の効く番頭もおりますので、御心配になるようなことは」

「いやいや」

六平太が、大いに慌てた。

これほど慌てたことは記憶にない。

まさに青天の霹靂《へきれき》だ。

自分を買ってくれていることは有難いが、材木商の帳場に座る己の姿など、想像もつかない。

気ままに生きてきた六平太にすれば、身を律して勤める暮らしなど出来るはずもなく、ご免こうむりたい。

「じつは、わたしには、長年馴染《なじ》んだ女がおりまして」

おりきの名は出さずに、六平太が言った。

「やはりねぇ」

おかねが、がくりと肩を落とした。

「妹が近々所帯を持ちますので、一人になるわたしとしては、先々のことを考えてやらなきゃならないような相手でして」

六平太は、ほんの少し口ごもった。

おりきとの付き合いの行方など、今の六平太には自信が持てなかった。

当のおりきの胸の内がどこにあるのか、このところ見えないのだ。

「秋月様に、そのようなお人の一人や二人、お出でにならないはずがないと、うちの人も申しておりました」
おかねが、はぁと息を吐いた。
六平太が眼を見張った。
おかねの話を、主の山左衛門が知っていたのだ。
そのことに、異を唱えることもなかったということだ。
武家をも凌《しの》ぐ勢いの『飛驒屋』の婿になる手もあった。
婿入りを断った六平太の決意が、浅ましくも、少し揺らいだ。

三

元鳥越の表通りや小路に、煤竹《すすだけ》売りの姿が眼につくようになった。
師走の十三日が煤払いの日というので、十一月の末辺りから煤竹売りが現れる。
煤払いの竹を小屋に立て掛けて、商売にしている木戸番までいた。
六平太は朝から落ち着かなかった。
この日、佐和と音吉《おときち》の祝言のことで、浅草『ち組』が挨拶に来ることになっていた。
朝餉を済ませた後、佐和が、玄関や表を掃き、火鉢を拭《ふ》き、炭を熾《おこ》した。
佐和が客を迎える支度を整えたのだが、六平太は火鉢の前で動かず、鉄瓶から立ち上る湯気をぼんやり眺めていた。

「ごめんなさいまし、聖天町《しょうでんちょう》の音吉です」

玄関の外で声がした。

「はぁい」

佐和が、出迎えに飛んで行った。

胡坐をかいていた六平太が、座りなおした。

「兄上、お見えです」

佐和の後から、共に火消し半纏《ばんてん》を羽織った音吉と五十ばかりの男が入って、六平太の前に並んで座った。

「お初にお目に掛かります。わたしゃ、浅草十番組『ち組』の頭を務めます、寅太郎《とらたろう》と申します」

頬骨《ほおぼね》が張った寅太郎の顔は、いかつく頑固そうだ。

「秋月六平太です」

「本日は、こちらの佐和さんと、うちの音吉のことで、改めまして兄上様の御了解を得たく、こうして雁首《がんくび》揃えて伺いました次第で」

「頭、もう堅苦しいことはよしましょうや。おれは、とっくに承知してるよ」

六平太が言うと、いかつかった寅太郎の顔からふっと強張《こわば》りが解けた。

「そう言って頂くと、こちらも助かります」

寅太郎が、目尻を下げた。

「それで、虫のいいことを言うようだが、祝言までの段取りやらなにやらは、頭に任せたいのだが、いいかね」

「そりゃもう」

寅太郎が、音吉と佐和を見た。

「へい。あっしからもお願い申します」

「どうかよろしくお願い申し上げます」

佐和が、手を突いた。

「聞くところによれば、音吉と佐和さんは、なんでも七月の井戸替えの時、思わぬ再会をしたとか」

思い返せば、たしかにそうだった。

家主の市兵衛に頼まれて、毎年井戸替えに来る八番組『ほ組』の頭が、今年は都合がつかなかったのだ。

『ほ組』の頭が、昵懇《じっこん》の『ち組』に頼みこんで、代わりに来たのが音吉だった。

「どうでしょうね秋月さん、きっかけを作ったのは『ほ組』の友次郎《ともじろう》頭とも言えますし、祝言の話し合いに入って貰《もら》おうと思いますが」

「結構だね」

言ってすぐ、六平太がはたと気付いた。

「ついでにと言っちゃなんだが、もう一枚加えてもらいたいお人がいるんだが」

六平太が、市兵衛の名をあげた。

佐和が幼い頃から気に掛けていた家主だというと、寅太郎に否やはなかった。

六平太から肩の荷が下りた。

市兵衛を蚊帳《かや》の外に置けば、また何を言われるか知れなかった。


午前中晴れていた空が、昼を過ぎた頃から曇った。

だが、雨や雪になる気遣いはなさそうだ。

音吉と寅太郎は、半刻ばかりいて帰って行った。

しばらくは、六平太も佐和も気が抜けたように動けなかった。

思い出したように動き出した佐和が、頭が祝いに持参した餅を焼いてくれて、昼餉にしたばかりだった。

「ろっぺい、おれだ」

玄関の外で声がした。

「園田様ですね」

佐和が立ち上がった時、園田勘七がずかずかと入り込んで来た。

「勝手に上がった。すまん」

勘七が、感に堪えないという面持ちで仁王立ちした。

「ま、座れ」

「十河藩に激震が走ったぞ」

六平太の声が聞こえなかったのか、勘七は突っ立ったまま言った。

「わたしはむこうに」

「いや、佐和さんもお聞きなさい」

隣りの部屋に向かいかけた佐和が、腰を下ろした。

つられて、勘七も座り込んだ。

「ろっぺい。『飛驒屋』の一件が江戸に在府しておられる殿のお耳に達したぞ」

木材の調達をする代わりに、『飛驒屋』が藩政の改革を条件にしたことで、江戸屋敷も信濃の国元もその対応に苦慮していた。

その騒動が、藩主、加藤邦忠《くにただ》公の知るところとなったという。

「殿が昨日、英断を下されたのだ」

江戸屋敷の重役を前に、藩主自ら、

「『飛驒屋』の申し出はもっとも」

改革推進を打ち出したのだ。

藩主は、藩の進むべき道を停滞させたとして、国家老、宮津太郎左衛門と、さらにその対立関係にあった中老、石川頼母に隠居を命じた。

「そればかりではない。江戸屋敷留守居役の小松様は隠居、江戸家老の松村様には、国元へ帰参せよとの命が下された」

ほう、と、六平太は胸の中で感心していた。

藩主が、対立していた両派を、偏ることなく処断したのだ。

『飛驒屋』の一件に苦慮した誰かが、腹を切る覚悟で藩主に奏上したのかもしれない。

六平太の脳裏に、松村彦四郎の顔が浮かんだ。

「今後、国元と江戸に於《お》いて、改革に向けての人事が進むぞ。そうなれば、十二年前、改革派としてお家を追われた方々、いわれもなく追放の憂き目を見た秋月家にも再仕官の道が開けるやもしれぬ」

勘七の顔が上気していた。

「それはまことでしょうか」

佐和の声が上ずっていた。

「国家老の宮津様、留守居役の小松様などによって葬られた藩政の改革案が、ここへ来てお取り上げになったということですから、十二年前の改革派への処断は見直されるはずだと」

「もしそのようなことになれば、母も喜びます」

佐和の生母、多喜《たき》のことだ。

秋月家追放の元凶は、改革派の中枢にいた、多喜の弟杉原重蔵《すぎはらしげぞう》だった。

その汚名が雪《そそ》がれ、秋月家が再興することは、佐和の宿願だった。

だが、武家がかつての裁断を易々と改めるとは思えない。

「しかしな、たとえ仕官の口が掛かっても、おれは断るぜ。金輪際、宮仕えはしねぇよ」

六平太の本心だった。

秋月家の井戸端に、目籠《めかご》を下げた竹竿《たけざお》が立てられた。

杭《くい》を打ち、荒縄で縛り付けたのは、音吉である。

佐和が、青空に浮かんだような目籠を見上げた。

おきみとお京《けい》も、揃って見上げていた。

天から降る福を籠で拾うという、これまで、秋月家では一度もしたことのないこの時期の習わしだった。

佐和が、昨日、浅草田町《たまち》の古着商『山重《やましげ》』に行った帰り、聖天町に立ち寄ると、

「明日の昼過ぎに、目籠を上げに伺うよ」

音吉がそう言ってくれた。

この日の佐和は、朝から大忙しだった。

八日というのは、新年を迎える支度にとりかかる日である。

正月用の道具を納戸から出し、ひとつひとつ磨き上げた。

昼餉を済ませて、一段落したころ、お京とおきみが、音吉とともにやって来たのだ。

「だけどさ、お佐和ちゃんにこれ以上の福が降りてどうすんのさ。福が欲しいのはわたしの方だよぉ」

お京がぼやいた。

「分かったよ。お前さんとこにも上げてやるよ」

「福がこぼれないように、目の詰まった籠を用意しておくよ」

お京の物言いに、おきみが声を上げて笑った。

「お賑《にぎ》やかですな」

家主の市兵衛が、にこやかな顔で垣根の外に立った。

「秋月さんはおいでかな？」

「兄は、品川のお寺詣《まい》りに行く人の付添いで、朝から出ていまして」

「いや実はね、昨日、八番組『ほ組』の友次郎頭と浅草『ち組』の頭が連れだって見えて、丁重なご挨拶を受けましたよ」

音吉が少し改まった。

「音吉さんこちら、家主の市兵衛さんです」

「そりゃお見それしました。わたしは『ち組』の音吉と申しまして」

「あ、じゃ、お前さんが、佐和さんの」

「へ。なにかとお世話になります」

音吉が、丁寧に腰を折った。


秋月家の庭に、師走にしては暖かい日溜《ひだ》まりがあった。

部屋の外に居ても寒くはなく、音吉と市兵衛は縁に腰掛け、お京は二人の傍《そば》に座り込んでいた。

「ここじゃなんですから、みなさん、中でお茶でも」

佐和が勧めて、井戸端から縁に移ってもらった。

居間で茶を淹《い》れた佐和が、菓子を持ったおきみと、縁に出た。

「ほう、この娘さんが音吉さんの？」

市兵衛が、おきみに目を向けた。

「きみと言います」

音吉が答えた。

「で、おきみちゃんの亡くなったおっ母さんの幼馴染《おさななじみ》が、おきよさん」

「市兵衛さんたら、さっき、京だと言ったばかりじゃありませんか」

お京が、市兵衛の肩をとんと叩《たた》いた。

「そうそう、お京さんお京さん、ははは」

市兵衛が、片手を頭にやった。

「みなさん、お茶を」

佐和が勧めた。

大人たちは湯呑《ゆのみ》を手にし、おきみは饅頭《まんじゆう》を口にした。

どこかで啼《な》く、小鳥の声が響き渡った。

「市兵衛さん、頭たちとはどんな話になったんですかねぇ」

お京が口を開いた。

「そうそう。年の内は何かとせわしいから、祝言は年が明けてからのほうがいいんじゃないかというのが、みんなの声でしたよ」

「そのほうがいいよ。ね？」

お京が、佐和と音吉を見た。

「わたしは、みなさんが決めて下さった段取りで」

佐和は頷いた。

「わたしとしても、そのほうが有難い」

音吉も相槌《あいづち》を打った。

師走の浅草の火消しは、僧侶を凌ぐ忙しさだった。

浅草観音の年の市もあれば、節分会もある。

十五日からは餅つきも始まる。

出入りのお店のために、正月飾りの世話も焼かなければならない。

「今年は、お姉ちゃんと年の市に行くのよね」

おきみが、嬉《うれ》しげに佐和を見た。

「あら、わたしの役目がなくなるじゃないか」

お京が、わざとらしく口を尖らせた。

すぐに、ふふと笑うと、おきみの額を指で突いた。

「お京さんもご一緒に是非」

「佐和ちゃんお気遣いなく。年の暮れはわたしらも何かと忙しいんですよ」

お京は、浅草の芸者である。

「お、そうだ佐和さん。今年は、若い者を連れて餅つきに来ますから、秋月さんにそう言っておいてもらいてぇ」

「なんとも頼もしいことだねぇ。秋月さんに任せていたら、こう段取りよくはいきませんよ」

市兵衛の物言いに、佐和とお京が、ふふふと含み笑いをした。

「お姉ちゃん」

おきみが、庭の隅を指さした。

「表で声かけたんだけど」

建物の陰から、菊次が顔だけ突き出していた。

玄関から庭へは、塀沿いに通じていた。

「兄のお友達の菊次さんです」

「なんか寄り合いですか」

戸惑いながらやってきた菊次が、音吉たちを見回した。

佐和が、一人一人の名をあげて、最後に、

「こちらは音吉さんと言って、わたしが今度、その」

「亭主になる男ですよ」

お京が助け船を出した。

「兄ィから噂《うわさ》は聞いてましたが、そりゃ、どうも」

緊張した菊次が、どぎまぎと身体《からだ》をくねらせて会釈した。

佐和が、六平太は留守だというと、

「どうしようかなぁ。留守じゃ、置いていくわけにもいかねぇし」

菊次が首を捻った。

「なにごとですか」

「おい、こっちに来な」

菊次が、庭の隅に声を掛けた。

建物の陰から、十二、三の男の子が、おずおずと現れた。

「こいつは、八王子のお蚕屋《かいこや》の倅《せがれ》なんですけど」

髪結いのおりきの家を訪ねたのだが留守で、菊次を頼って来たという。

「いつまで待ってもおりき姐《ねえ》さんが戻らないんで、仕方なくこちらに伺ったわけで」

六平太もおりきも、男の子とは知り合いだと菊次が言った。

玄関の戸の開く音がした。

「兄上ですか？」

「おう」

返事をした六平太が、縁側へと現れた。

「こりゃみなさんお集まりで」

六平太の眼が、菊次の横に立つ男の子に釘《くぎ》づけになった。

男の子が、黙って頭を下げた。

「穏蔵《おんぞう》が、雑司ヶ谷《ぞうしや》には顔を出したくないっていうもんで、仕方なくここに連れて来たんですよ」

菊次が言った。

「穏蔵って、あの――？」

密《ひそ》やかに声を出したのは、市兵衛だった。

が、すぐに、

「あの、どんな字を書くんだろうねぇ」

市兵衛の声が上ずっていた。

取り繕っているようだと、佐和は感じた。

四

六平太の前で、穏蔵は俯《うつむ》いていた。

普段、六平太が寝起きをする部屋で、二人は向かい合っていた。

音吉たちは、「取り込みだろうから」と、少し前に引き揚げて行った。

「どういうつもりだ？」

六平太が、努めて穏やかに聞いた。

穏蔵は三日前から、雑司ヶ谷の作蔵《さくぞう》のところに来たという。

八王子の養蚕家、豊松《とよまつ》の名代として、日本橋の問屋廻《まわ》りをする番頭について来たのだ。

今朝早く、番頭と共に八王子に帰る段になって、穏蔵は姿をくらませて音羽のおりきを尋ねたのだった。

「雑司ヶ谷には顔を出したくない」

穏蔵が、菊次にそう言った裏には、そんな事情があった。

「もういい」

六平太が、姿をくらませたわけを言おうとしない穏蔵にしびれを切らして腰をあげた。

「おれはこれから、こいつをつれて八王子に行く」

六平太が、長火鉢の傍に居た佐和と菊次に言い放った。

「よかったな穏蔵」

菊次が、六平太の後ろで項垂《うなだ》れていた穏蔵に声を掛けた。

「兄上、少しお待ちを」

佐和は、すぐに菊次に向かい、

「菊次さん、少しの間、この子を外に連れ出して頂けませんか」

有無を言わさぬ強さを見せた。

窺うように見た菊次に、六平太が頷《うなず》いた。

「じゃ、浅草も近ぇし」

菊次は、穏蔵を連れて家を出ていった。

「兄上」

佐和が、六平太を前にして改まった。

何を言い出すのか、六平太はいささか戸惑った。

「わたし、先月、兄上に黙って、おりきさんに会いに行きました」

六平太が眉《まゆ》をひそめた。

六平太とおりきの間がおかしいと、佐和は感じていたのだ。

菊次から、おりきの様子が変だということも聞いたという。

「わたしは、子を産めないようですと、おりきさんが口にしたんです」

その時おりきが、六平太が養子を、しかも男の子を養子にしようと思っているのではないかと、しきりと気にしていたという。

「そのことが、ずっと気になっていたのですけど、さっき市兵衛さんが、穏蔵ってあのと言って、兄上に目を向けたのを見て、これには何かあるのではと」

六平太が、大きく息を吐いた。

「分かったよ」

六平太が呟くと、思わず苦笑を洩《も》らした。

佐和の勘は侮れない。

「穏蔵は、おれの子だ」

佐和は驚きもせず、じっと六平太を見ている。

六平太は、十二年ほど前、板橋の女との間に生まれた穏蔵の一切を打ち明けた。

生んだ母と穏蔵を殆ど顧みなかったこと。

穏蔵が三つの時、母が死んだこと。

竹細工師作蔵の父の口利きで、九年前、八王子の養蚕家、豊松の養子に遣ったこと。

その際、穏蔵を託した豊松に三十両（約三百万円）を渡した。

金を借りた市兵衛に、未《いま》だに月々の返済をしていることも白状した。

「だが、穏蔵はおれが父親とは知らないんだ」

「わかりました」

どこまでも佐和は冷静だった。

半刻ばかりが過ぎて、菊次と穏蔵が戻って来た。

「穏蔵さんには、しばらくここに居て頂きます」

佐和が、平然と口にした。

「しかし」

六平太が言いかけたが、佐和は構わず、

「菊次さん、雑司ヶ谷の作蔵さんに伝えて下さい。穏蔵さんをうちでしばらくお預かりすると、八王子の豊松さんには、その旨を、急ぎ飛脚でお知らせしますからと」

菊次が頷いた。

六平太が口をさしはさむ余地は、なかった。


六平太は、西日の射《さ》す縁で竹を割いていた。

何も竹細工をしたかったわけではない。

佐和が夕餉の仕度を前に買いものに出ると、穏蔵と二人、家に残された。

どう対処してよいかも分からず、つい竹を持ち出した。

穏蔵にしても、恐らく六平太を煙たく思っているはずだ。

縁側の部屋から、ただ黙って六平太の作業を見ていた。

「穏蔵さん、水汲《みずく》みを手伝って下さい」

買いものから帰って来た佐和に声をかけられると、穏蔵はいそいそと台所へ急いだ。

六平太が、手を止めてそっと息を吐いた。

夕餉時は、六平太の前に佐和と穏蔵が並んだ。

六平太の方から、穏蔵に声を掛けることはなかった。

穏蔵にしても口が重い。

「八王子は、どんなところなの？」

佐和が、気遣って暮らしぶりを聞くのだが、穏蔵は首をひねったり、頷いたりするばかりで、声らしい声をほとんど発しない。

蚕の話になって、

「蚕棚のある所に行くと、桑の葉をかじる音がします」

穏蔵が、言葉らしい言葉を口にしたのはそれだけだった。

その夜、穏蔵は早々に床に就いた。

佐和が、自分の隣りに穏蔵の布団を敷いていた。

「せっかくですから、明日あたり、穏蔵さんをどこかに連れ出したらいかがですか」

火鉢を前に、六平太が燗《かん》をした酒を傾けていると、佐和が低く言った。

「いや。それはやめておこう」

以前穏蔵が、八王子を出て、江戸で働きたいと言い出したことを佐和に打ち明けた。

だが、それでは養父の豊松が跡継ぎを失うことになる。

八王子で二親に孝行しろと穏蔵を諫《いさ》めたのが、当の六平太だった。

連れ歩くことなど出来るわけがなかった。

「それでもこうして、江戸に残ったのでしょう。よっぽどなにか、心に思うところがあるんじゃありませんか」

佐和は言うと、おやすみなさいと、部屋に入った。

六平太が、ふうとため息をついた。

穏蔵は八王子の豊松に返さなくてはならない。

その考えにゆるぎはなかった。


「お佐和ちゃん、いるかい？」

台所から、大工の留吉の女房、お常《つね》の声がした。

火鉢の火で焼いた握り飯をかじっていた六平太が、身体を倒して障子を開けた。

「おや、秋月さん一人でお昼ですか」

お常が首を延ばして、奥を窺った。

「昨日うちのが、秋月さんとこにゃ男の子がいるっていうもんだから」

「あぁ。ちょっと、親戚の子供を預かってね」

「へぇ、江戸に親戚なんてもんありましたっけ」

「うん、遠くのだ」

「その子は？」

「昼前に、佐和が浅草に連れて行ったよ」

昨日今日と、穏蔵の面倒を佐和が見ていた。

昨日は、研ぎに出していた鋏を受け取りに行くというので、穏蔵を伴った。

帰るまで一刻（約二時間）以上もかかったから、鋏を受け取ったあと、日本橋界隈《かいわい》を案内したに違いなかった。

今日は、おきみと一緒に浅草寺に行くと言って出た。

「夕餉は、聖天町で一緒に済ませてから帰りますから」

穏蔵に距離を置く六平太に、気のせいか冷ややかだった。

「秋月殿、相良《さがら》道場の高村《たかむら》です」

玄関から、切迫した声がした。

「また顔出すよ」

お常が台所から出て行った。

六平太が玄関の戸を開けると、道場で見掛ける門人が厳しい顔で頭を下げた。

「相良先生に言いつかって参りました。実は、園田勘七殿が道場を出てすぐ、何者かに襲われて負傷されました」

「なにっ」

勘七は道場に運ばれて、寝かされているという。

六平太は、佐和に書き置きを残して、家を飛び出した。

五

六平太が四谷の相良道場に着いた時、陽《ひ》は西に傾き始めていた。

九つ半（一時頃）という頃合いだ。

下男に案内された部屋に入ると、腕や脚に包帯を巻かれた勘七が寝かされていた。

枕元《まくらもと》に居た相良庄三郎《しょうざぶろう》に会釈すると、六平太が座り込んだ。

「医者に診せたが、命に別条はないそうだ」

庄三郎は言った。

「傷は幾つかあるが、腕と右の太股《ふともも》が深手だ」

「ろっぺい、やられたよ」

勘七の声がいかにも無念そうだった。

「襲ったのは誰だ」

「岩間孫太夫と、五人ばかりに」

「岩間がどうしてお前を」

「十河藩の改革を、『飛騨屋』に焚きつけたと思いこんでいた。小松様の隠居で、やつら、自棄《やけ》になっているようだ」

留守居役の小松新左衛門は隠居となったが、失脚と同じことだ。

「しかし、岩間を相手によくも命を落とさずに済んだな」

「すんでのところに、稽古帰りの連中が通りかかったのだ」

勘七は、門人たちによって運びこまれたという。

「ろっぺい、気をつけろ。『飛騨屋』を焚きつけたもう一人はお前だと思っているからな」

六平太が頷いた。

「ご新造には知らせたか」

「いや」

「芝の屋敷にはおれが行く。念のため、ご新造にはどこか余所《よそ》に移ってもらう方がいい」

六平太が、勘七の世話を相良庄三郎に託して、四谷を後にした。

半刻ばかりで愛宕下に着いた。

組屋敷の園田家を訪ね、ご新造に事情を話し、屋敷を出るよう促した。

ご新造は、一瞬、顔色を変えたものの、気丈に身支度を整えた。

隠居した父親がいる赤坂に行くというご新造に付添って、屋敷を出た。

六平太は、榎坂《えのきざか》を上がって行くご新造を見送ると、神谷町へと向かった。

留守居役、小松新左衛門の屋敷が近くにあることは知っていた。

ことによっては、斬《き》り合いになる。

門前に立った六平太は、堅く閉ざされた扉を叩いた。

何度か叩くと、

「なに用か」

脇の切戸から侍が顔を覗かせた。

「小松様にお目通り願いたい」

「小松様は、すでに当屋敷を出られ、戸山の私邸に移られた」

六平太が、大きく息を吐いた。


市ヶ谷柳町《やなぎちょう》の角から、道が四方に分かれていた。

陽は西に傾き、あと半刻もすれば大久保の辺りに沈むだろう。

立ち止まっていた六平太が、根来《ねごろ》組屋敷に挟まれた道を高田馬場の方へ歩き出した。

左前方に、尾張徳川《おわりとくがわ》家下屋敷の瓦屋根が望めた。

小松新左衛門の私邸は戸山だと侍は口にしたが、厳密に言えば、早稲田馬場下町《わせだばばしたまち》にあった。

大名屋敷先の丁字路を右へと折れ、さらに幾つか角を曲がると、畑地に出た。土地の目明かしから教えられたあたりに、檜肌葺《ひわだぶき》の門があった。

門を潜って、式台の前に立った。

「小松新左衛門殿にお目通り願いたい」

すぐに姿を見せた家士が、六平太の名を聞くと、俄《にわか》に顔を強張らせた。

「主は、ただいま他行中にて、不在である」

「こんな江戸の外れに住まって、のこのことどこへ出掛けるというんだよ」

「無礼者、立ち去れ」

家士が刀に手を掛けた。

「中沢《なかざわ》、その者を庭に通せ」

遠くで声がした。

「こちらへ」

式台を下りた家士が、先に立って網代戸《あじろど》の木戸門を開けた。

建仁寺垣《けんにんじがき》で仕切られた中は、様々な木が植えられた庭だった。

「これへ」

縁に胡坐をかいた小松新左衛門が、六平太を見ていた。

六平太が、ゆっくりと近づいた。

「園田勘七に岩間孫太夫を差し向けたのは、お前さんか」

煙草《たばこ》の煙に目を細めた新左衛門が、煙管《きせる》を叩いて灰を落とした。

「返答次第では、斬るぞ」

「園田、勘七」

記憶を辿《たど》るように、首を捻った。

「勘定方の役を解かれて、使い方に追いやられた、おれの幼馴染だ」

「お」

新左衛門は思い当たったようだ。

「園田勘七が岩間に襲われて大怪我《おおけが》をした」

新左衛門の眼がほんの少し見開かれた。

「十河藩に藩政改革を突きつけるよう『飛驒屋』を焚きつけたのが、おれと勘七だと思いこんだのだろう。岩間を刺客にしたのが、お前さんのほかにゃ思い当たらねぇんだよ」

「わしの知るところではない」

新左衛門が、六平太をまともに見つめた。

六平太が、跳ね返すように見返した。

小さくため息をつくと、新左衛門が煙管に葉を詰めた。煙草盆の火を付け、一口吸った。

「十二年前の、秋月家追放の処断を、恨んでおったのか」

問いかけるというより、己に言い聞かせるような小声だった。

「恨みましたよ。当初はね」

「ほう。簡単に消し去れる恨みだったというわけか」

「あぁ。武家とは、あきれ果てたものだと得心したら、すっと胸のつかえが下りたのよ」

新左衛門が、ぽんと、灰落としで煙管を叩いた。

「偽りを申すな」

新左衛門の眼が、冷ややかに六平太を見据えた。

「こともあろうに藩政改革などと、『飛騨屋』ごとき商人風情が思いつくはずはないのだっ」

小声だが、抑えていた怒りが新左衛門の口から洩れた。

「そういう思い込みが、武家を危うくしたんだよ。商人は、侮れませんぜ」

六平太が、ふっと笑みを浮かべた。

「いつだったか、塾に通う十ばかりの子供が言ったよ。これからは、刀より算盤の世

新左衛門が口をへの字に結んだ。

「その子供の言った通りになったねぇ。お前さんの言う商人風情が、十河藩加藤家をの中が来るってね」

大揺れに揺らしたじゃありませんかっ」

新左衛門の眼が、かっと大きく見開かれた。

いつの間にか陽が落ちて、辺りが陰っていた。

立ち去ろうとして、六平太が足を止めた。

「そのうち、岩間孫太夫と刀を交えることになるが、いいな」

「お家を離れた隠居の身。岩間はもはや、わしの手の内にはない」

六平太が、木戸門を出た。

小松新左衛門の私邸を出た六平太は、高田馬場へと向かった。

神田上水を渡り、東に行けば音羽が近い。

穴八幡《あなはちまん》近くに差しかかった時、付けられていると気付いた。

小銭稼ぎの小悪党の足の運びではない。

ずしりと地面を踏みしめる足音だ。

恐らく、岩間孫太夫だろう。

六平太は、ゆっくりと高田富士のある宝泉寺《ほうせんじ》の裏手へと踏み入れた。

枯れすすきが靡《なび》く草地があった。

冬の夕刻、辺りに人の気配はなかった。

六平太が振り向いた。

草鞋《わらじ》を履き、袴姿の岩間が、いつでも抜けるという構えで立ち止まった。

「いずれ、小松様を訪ねるだろうと、待ち受けていた」

岩間が、抑揚のない声で言った。

「浪人ごときにお家を掻《か》き乱された無念を、ここで晴らす」

「そんなことは、お家を思う家臣のいう台詞《せりふ》だ。お前さんの場合、眼をかけてくれた小松新左衛門の無念だろう」

岩間の眼が射るように六平太を見ていた。

「ゆくゆくは然《しか》るべきお役にとり立てるとでも言われていたのか」

六平太の皮肉にも顔色を変えず、岩間が黙って刀を抜いた。

「おれも、園田勘七の無念を晴らさなにゃならん」

六平太も刀を抜いた。

半間（約九十センチ）ばかりの間合いで二人の切っ先が向き合った。

「十河藩のことはどうなろうと構わぬといいながら、おぬしは出過ぎた」

「小松新左衛門がおれを気にしすぎただけのことだ。秋月家を追放したことに後めたさがあったんだろうさ」

「黙れっ！」

斬り込んで来た岩間の刀を横に払った六平太が、すかさず突いた。

飛びのいた岩間と六平太に間合いが出来た。

切っ先を向け合ったまま、睨み合いが続いた。

斬り込むには一間の間合いは遠い。

その間合いを詰めなければならない。

だが、迂闊《うかつ》には近づけない。

六平太は、岩間の剛剣の凄《すさ》まじさを何度か見ていた。

恐らく、勝負は一瞬で決まる。

ジリッ、ジリッと、体を左右に動かしながら、半歩ずつ間合いを詰めた。

六平太の耳に、岩間の息遣いが届いた。

その刹那《せつな》、六平太が油断なく刀を鞘《さや》に納めた。

眉《まゆ》をひそめた岩間の顔に戸惑いが広がった。

腰の物に手を掛けたまま、六平太がじりっと左へ動いた。

裂帛《れっぱく》の気合と共に踏み込んで来た岩間の刀が、六平太に迫った。

素早く刀を抜いた六平太が、岩間の刀に、自分の刀の鎬《しのぎ》を摺り寄せ、ほんのわずか、右へ流した。

岩間の刀が、六平太の左肩の布を裂いただけで、逸《そ》れた。

同時に、六平太の切っ先が岩間の喉《のど》を突いていた。

岩間の喉から、血が噴き出した。

一瞬の出来事だった。

岩間は、がくりと片膝を突いて、そのまま横倒しに倒れた。


六平太は、早稲田馬場下町の自身番の戸を開けた。

小松邸の場所を教えてくれた目明かしがいた。

六平太は、果たし合いの末に相手を討ち果たしたことを告げた。

「相手の亡骸《なきがら》は、宝泉寺裏に横たえた」

岩間の名と、十河藩加藤家の家中であることも打ち明けた。

十河藩の者に、亡骸を引き取りに来させなければならない。

六平太が、住まいと名を名乗った。

「不審があれば、北町奉行所同心、矢島新九郎殿にお確かめ願いたい」

六平太が言うと、目明かしは神妙に頷いた。

「尋常な立ち合いであった」
そのことを念押しして、六平太は自身番を出た。
音羽に着いた時、辺りはすっかり夜の帳《とばり》に包まれていた。
六平太は暗がりを歩いた。
着物に付いた血しぶきを人目に晒《さら》すわけにはいかない。
小路の角でふっと足を止めた。
何間か先の軒下に、灯の入った提灯があった。
居酒屋『吾作』の提灯だった。
「またのお越しを」
表に出て、客を送り出す八重の笑顔が見えた。
この夜、六平太は音羽を素通りした。

六

年の瀬を前に元鳥越周辺が俄に慌ただしくなった。
年越しまで半月近くもあるが、誰もが何かと気ぜわしい。

六平太は、相変わらず穏蔵と話すことはなかった。

だが、佐和の手伝いをする穏蔵の顔に、時折り笑みが浮かんだ。

「宝泉寺裏の立ち合いの件は、不問となりました」

昨日、秋月家に現れた新九郎が、六平太にそう告げた。

十河藩が、尋常な立ち合いの末の出来事として収めたという。

縁で足の爪を切っていた六平太の頭上を、烏《からす》が啼いて通り過ぎた。

烏が塒《ねぐら》に戻る時分である。

ふと、岩間孫太夫にも身内が居たのだろうに、と思った。

「夕餉の支度が出来ました」

居間から顔を出して、佐和が言った。

「佐和、話がある。穏蔵もここに」

佐和が、穏蔵を連れて縁側に来た。

「明日、穏蔵を八王子に連れて行く」

六平太の言葉に、穏蔵が俯いた。

「明日は、音吉さんたちが餅つきに来てくれることになっているんです。その後では
いけませんか」

「駄目だな」

六平太が、突き離すように言った。

「穏蔵、よく聞け。作蔵さんの家から逃げ出して、どれだけ周りに心配を掛けたと思ってる」

穏蔵が項垂れた。

「育ててもらった豊松さんへの恩を返しもしないで、江戸に出たいなんぞと、そんな男が渡世出来るほど、世の中は甘くないいんだぜ。お前を雇い入れてくれる所なんか、どこにもねぇよ」

佐和が、大きく息を吐いた。

「明日の朝早く、ここを発《た》つ。穏蔵、いいな」

項垂れたまま、穏蔵が小さく首を折った。


六平太と穏蔵は、翌朝、暗いうちに秋月家を出た。

ついて来た佐和が、鳥越明神の角で足を止めた。

「気をつけて行くのよ」

穏蔵が、頷いた。

「今度は、ちゃんと親に断って来るのよ」

穏蔵は、ただ頷くだけだった。

「行くぞ」

六平太が、先に立った。

背後に小さな足音が続いた。

六平太は、甲州街道に入る前に雑司ヶ谷の竹細工師、作蔵の家に立ち寄るつもりである。

穏蔵の一件を詫《わ》びなければならない。

湯島から本郷を突っ切り、小石川へ抜けた。

小石川から坂を南へ下り、神田上水に添って西へ向かった。

小日向水道町に差しかかったところで、白々と明けた。

江戸川橋を音羽の方へ渡った。

六平太と穏蔵が、雑司ヶ谷に向かう道を左に折れた時、薄く這《は》った靄《もや》を突いて、小路から人影が二つ出てきた。

「兄ィ」

影の一人が、菊次だった。

もう一つの影は、おりきだった。

「朝帰りか」

「ええ」

おりきが、にやりと笑って答えた。

「おりき姐さんと二人っきりってことじゃありませんから」

菊次が、慌てて手を打ち振った。

居酒屋『吾作』で鉢合わせした菊次とおりきに、店を閉めた後のお照が加わったという。

吾作の思い出話に花が咲いて夜更かしをして、三人とも店で寝込んだ。

「聞いたよ。お前、六平さんの家に行ったんだってねぇ」

おりきが、穏蔵に声を掛けた。

「はい」

穏蔵が、素直に返事をした。

「よかったじゃないか」

穏蔵は、黙って頷いた。

「これから作蔵さんとこへ行くんで？」

菊次は、穏蔵が作蔵の家から姿を消したいきさつを知っていた。

「作蔵さんに挨拶してから、こいつを八王子に送るんだよ。じゃぁな」

六平太が、穏蔵を促して歩き出した。

「六平さん、八王子の帰り、こっちを通りかかったら寄ってみておくれ」

おりきの声が、背中でした。

軽く片手を上げて、六平太は雑司ヶ谷へと坂道を上った。


日が射しているものの、北風が吹きつけて砂ぼこりを立て始めた。

下高井戸宿を過ぎるまで、甲州街道は穏やかだった。

大人の足なら、半刻で一里（約四キロ）は進めるのだが、六平太は穏蔵の歩調に合わせた。

思ったより進めず、日の落ちた府中で宿をとった。

道中、ほとんど口を利くことのなかった穏蔵は、夕餉を済ませると早々に寝た。

翌朝、日が上ってから宿を出た。八王子まで三里ばかりだから、昼前には豊松の家には着く。

多摩川の土橋を渡り、日野《ひの》を通りすぎた。

浅川を渡ると、行く手に、高尾《たかお》の山々が連なっているのが眼に入った。

頂きには、ほんのりと雪があった。

その山の向こうは、甲州である。

「どうした」

足取りが重くなって、遅れがちな穏蔵を振り向いた。

すると、穏蔵が足を止めた。

「おい」

「聞きたいことがあります」

「なんだ」

「それを聞きたくて、作蔵さんの家から逃げました」

穏蔵が、俯いた。

昨夜の宿でもほとんど口を利かなかったが、穏蔵が、もの問いたげな様子を見せたことに、六平太は気付いていた。

「なにが聞きたい」

穏蔵が、顔を上げて六平太を見た。

「おじちゃんは、お父っつぁんじゃありませんか」

六平太が、辺りの景色でも見るように、眼をそらした。

「そりゃ、違う」

穏蔵を見ずに、そう言った。

「おれが、人の親であるわけがねぇ。子を産んだおっ母《か》さんが苦労してるにも拘《かか》わらず、寄りつきもしなかった。病に罹《かか》ったことも知らなかった男だ。一人になった子を引き取りもしねぇで、余所に遣るような男が、親だなどと言えるはずがねぇ」

六平太が、穏蔵を見た。

「そんな男は、鬼だ。忘れろ」

穏蔵の眼が、微かに潤んだ。

「穏蔵」

「はい」

「節分の豆まきをする時は、思い切って叫べ。鬼は外ってな。鬼は外、鬼は外だ。いいな」

「はい」

穏蔵の声がかすれていた。

「豊松さんの家は、どっちだ」

穏蔵が、とっくに稲刈りの済んだ田んぼの先を指さした。

「おめぇの親は、あそこに居るお人だよ」

唇を嚙《か》んで、穏蔵が、小さく頷いた。

翌日の昼過ぎ、六平太は音羽に着いた。

穏蔵を八王子の家に送り届けると、

「一晩だけでも」

豊松に引きとめられたが、振り切った。

帰りは上高井戸宿に泊まって、今朝はのんびりと旅籠《はたご》を出て来た。

六平太は、音羽に着いてすぐおりきの家に向かった。

おりきは居なかった。

六平太は、音羽桜木町へと向かった。

毘沙門の甚五郎の家に顔を出すと、

「こりゃいい所にお出でになった」

板張りに胡坐をかいていた甚五郎が、笑みを向けた。

「菊次に暇乞《いとまご》いをされてましてね」

膝を揃えて背中を向けていた菊次が、六平太を振り向くと、小さく頭を下げた。

「菊次、なんでまた」

「『吾作』の板場に入って、修業したいと言い出したんですよ」

甚五郎が言った。

「おめぇ、お八重ちゃんの傍に居たいもんだから、そんなこと」

「違うよ兄ィ」

菊次が、身体ごと向き直った。

「吾作の親父に、せめてもの恩がえしをしてぇって、それでおれは」

「けど、なにも毘沙門を抜けることはねぇじゃねぇか。吾作に恩があるというなら、おめえの面倒を見てきた親方への恩もあるだろう」

「いや秋月さん、わたしのことはいいんですがね」

菊次が、いきなり甚五郎に手を突いた。

「おれは、すぐ調子にのるところがあります。調子ん乗って、馬鹿なことをしでかして――。けど、それもこれも、親方や六平太の兄ィがなんとかしてくれるっていう甘えた性根があったからで。だから、しくじっても戻れるところがあると思えば、つい甘えてしまいます。ですから親方、ここはひとつ」

板張りに額を擦りつけた。

菊次は、退路を断つ覚悟をしたのだ。

「分かったよ」

甚五郎が頷いた。

「おめぇ、このことお照さんに相談したのか」

甚五郎が、優しく問いかけた。

「いいえ、まだ」

「じゃぁ、お照さんにも、板前の田之助さんにも、おれが口を利こうじゃねぇか」

「へぇ」

板張りにへばりついた菊次の肩が、細かく震えた。


音羽が、灯《ひ》ともし頃となった。

居酒屋『吾作』に入ると、

「秋月様、いらっしゃい」

八重が笑顔で迎えてくれた。

「酒と、あと、肴《さかな》は任せるよ」

いつも吾作が居た板場で包丁を振るっていた田之助が、小さく会釈をした。

「お一人ですか」

お照が冷やかすように囁いた。

「あとで、来るかもしれん」

「でしょうね」

お照が、ふふと笑った。

〈『吾作』に行ってる〉と、六平太は、おりきの家に書き置きをして来た。

四半刻《しはんとき》（約三十分）もすると、席は大方、客で埋まった。

「いらっしゃい。お待ちかねですよ」

入って来たおりきに、八重が声を掛けた。

「早いお着きだったようで」

六平太の向かいに掛けるなり、おりきが言った。

「いまさっき、毘沙門の若い衆に会いましてね」

「さっきまで親方の所に居たんだ」

六平太が銚子を摘まむと、

「手酌がいいよ」

おりきは、六平太から銚子を取って、自分の盃《さかずき》に注《つ》いだ。
二、三杯を立て続けに飲んだ。
それから、二人で料理の器を二つ、三つ空にした。

客も何組か入れ替わると、店は賑やかな声で満ちた。

「お照さん、あと二本ばかり」

「はいよ」

おりき一人で、既に銚子を二本空けていた。

「飲み過ぎじゃねぇか」

「飲まないと、言えないことがあるんだよ」

おりきが、とろんとした眼を六平太に向けた。

「六平さん、わたしゃ、このままがいいよ」

「なんのことだ」

「今さら、所帯だの夫婦だのなんてのは、なしにしようじゃありませんか」

六平太が、酒を注ぐ手を止めた。

ここしばらく、おりきの気を塞《ふさ》いでいたのは、このことだったのだろうか。

「このままでいいだろう？」

おりきが、六平太の顔を覗きこんだ。

「嫌になったら、さっぱりと切れる仲で居ようじゃないか」

「あぁ。おれも、その方が気が楽だ」

「よかったぁ」

おりきが、しみじみと呟いた。

「これでさっぱりしたよ」

銚子を摘まんだおりきが、六平太に突き出した。

六平太が、おりきの酌を受けた。

二人はこの夜、しこたま飲んだ。

七

浅草観音の年の市が終わり、大晦日《おおみそか》まで残すところ十日ばかりになった。

世の中はもちろん、秋月家に於いても一段とせわしさが増した。

正月の支度に追われるだけならいいが、人の出入りに六平太は閉口した。

佐和と音吉の祝言が、正月の十五日と決まったとたん、人の訪問がひっきりなしに続いた。

音吉が門松を立てに来たし、お京も何かというと顔を出した。

浅草田町の古着商『山重』の主は、祝いを述べに来た。

木場の材木商『飛驒屋』のおかねとお登世が連れだって現れ、祝い金と反物を置いていった。

その上、市兵衛店の住人たちも、いつものように顔を出す。

秋月家に静寂が訪れたのは昼下がりのことだった。

六平太と佐和が、少し遅い昼餉にと、餅を焼いていると、

「ろっぺい、居るか」

園田勘七の声がした。

「上がれ」

片足を幾分引きずりながら、晴れ晴れとした顔で勘七が入って来た。

「園田様、餅を召し上がりますか」

佐和が、勘七の座る場を空けて、聞いた。

「いや。それより佐和殿、嫁入りが決まったとのこと、まことにめでたい」

「ありがとうございます」

佐和が、手を突いた。

「今日は、お二人に別れを言いに来たのだ」

「別れとは――」

「おれは、年を越したら、妻ともども国元へ行くことになった」

「信濃へか？」

勘七が、大きく頷いた。

十河藩では既に人事の刷新が進み、江戸家老だった松村彦四郎が国元の勘定奉行に就いたという。

勘七は、松村の推挙によって、勘定方として国元に赴くことになった。

「足はもういいのか」

「江戸を発つまでには治るさ」

明るく笑った勘七が、俄に改まって手を突いた。

「江戸を離れれば、いつまた会えるか分からぬ。ろっぺい、長きに亘《わた》っての交誼《こうぎ》、有難かったぞ」

「こちらこそだ」

六平太が、思わず手を突いた。

六平太と佐和が、帰る勘七を見送りに表へ出た。

「園田様、なにとぞお達者で」

佐和が、頭を下げた。

「ろっぺい、国元が落ち着いたら、一度信濃へ来いよ。十河藩の家臣ではあったが、おれもお前も、国元に行ったこともなかったからな」

「あぁ。そのうちにな」

「待ってるぞ」

片手を上げて、勘七が歩き出した。

勘七の姿が、角を曲がって見えなくなると、

「駒井《こまい》ですね」

佐和が、ぽつりと呟いた。

十河藩加藤家の城下一帯の地名が、駒井と言った。

佐和が五つまで暮らした土地だ。

「いつか、音吉に連れて行ってもらうんだな」

「はい」

佐和が、ふふと笑うと、

「駒井は、もう雪でしょうね」

佐和が、懐かしむように空を見上げた。


大晦日を迎えた元鳥越は、陽が高く昇っても冷え込みが和らぐことはなかった。

だが、元鳥越界隈を駆けまわる六平太の身体は火照っていた。

年越しの料理に掛かりきりになる佐和の代わりに、六平太が支払いに飛び回っていた。

酒屋、米屋、味噌《みそ》醤油《しょうゆ》屋と、掛け取りに押し掛けられる前に片付けることにしたのだ。

最後に残ったのが、市兵衛への返済だった。

福井町の市兵衛の家を訪ねた六平太が、一両を差し出した。

「ん！」

金だった。


市兵衛がまじまじと六平太を見た。

「今月は、ちょいと実入りがありまして」

六平太は、誤魔化した。

市兵衛への借金があると知った佐和が、嫁入りの祝い金の中から六平太に持たせた金だった。

帳面をつけた市兵衛が、顔を上げた。

「残りは、あと七両と三分一朱（約七十八万千二百五十円）ですな」

この一年の礼を述べると、六平太は早々に引き揚げた。


「秋月さん、すまねぇ」

六平太が、秋月家に帰る早々、居間で茶を飲んでいた大工の留吉が手を突いた。

「何ごとですかって聞いても、留吉さん黙ったままで」

障子を開けて、襷掛《たすきが》けの佐和が顔を出した。

「秋月さんとおれと、熊八《くまはち》、三治《さんじ》と四人、『金時《きんとき》』に繰り出して除夜の鐘を聞くっていうのが、いつもの大晦日だったろう？」

「うん」

六平太が頷いた。

『金時』は、浅草御蔵へ通じる表通りにある居酒屋だ。

「だが今年は、秋月さんは遠慮してもらいてぇ」

「おい」

「いや、おれは来て欲しいよ。熊八だって三治だってそう言ってるんだから。けど、馬鹿野郎って、お常のやつが怒鳴りやがってさ」

佐和が、訝《いぶか》しそうな顔で入って来た。

「兄妹での年越しは、今年が最後なんだから、秋月さんを引っ張り出すんじゃないよって。だから、すまねぇ」

頭を下げると、留吉は逃げるように飛び出して行った。


浅草観音の節分会は例年、申《さる》の刻（七つ。四時頃）に始まる。

読経《どきょう》が終わると、豆まきとなる。

祈禱《きとう》の守札《まもりふだ》が撒《ま》かれると、その奪い合いで本堂は混雑の極みに達した。

堂内の騒ぎをよそに、六平太と佐和が日暮れ間近の浅草寺の境内をそぞろ歩いていた。

お参りを済ませた後、佐和が拵えた正月料理を音吉の家に届け、暮れの挨拶をすることになっていた。

だが、佐和とおきみと夕餉を摂《と》る時分になっても、音吉は帰って来なかった。

浅草の鳶《とび》は、大晦日は殊のほか忙しいのだ。

半刻ばかりして、音吉が顔を出した。

合い間を縫って立ち寄ったという。

型通りの挨拶を交わすと、音吉はすぐに飛び出して行った。

「わたしは、おきみちゃんと音吉さんの帰りを待ちますから、兄上はもう」

佐和が言った。

「じゃ、おれは引き揚げる」

外に出た六平太の後ろから、佐和が出てきた。

「兄上、わたしにはお構いなく、留吉さんたちの所にお出でになってください」

「けどな、お常さんに知れると、あとでどやされる留吉が可哀相《かわいそう》だ」

ふふふと、佐和が含み笑いをした。

「でも、熊八さんたちも楽しみにしてるんですから、いつもの通りに。いつもの習わしをことさら変えることはないでしょう。いつも通り、これがなによりです」

「あぁ」

六平太が、頷いて聖天町を後にした。

聖天町の佐和に送られて、六平太が元鳥越に帰るのだ。

いつもは暗い道も、大晦日とあって、人通りがあった。

「鬼は外、福は内」

家の中の豆まきの声が、通りに響いた。

六平太が、ふっと足を止めた。

豆まきをしている穏蔵の姿が眼に浮かんだ。

「鬼は外、福は内」

別の家からも声がした。

六平太は、ふっ切るように歩き出した。

居酒屋『金時』は、今頃盛り上がっていることだろう。

六平太は、足を速めた。

「御厄祓いましょう、厄落とし」

夜空に、厄落としの声が染み渡った。

本書のプロフィール

本書は、小学館文庫のために書き下ろされた作品です。

小学館文庫

付添《つきそ》い屋《や》・六平太《ろっぺいた》
朱雀《すざく》の巻《まき》　恋娘《こいむすめ》

著者　金子成人《かねこなりと》

二〇一五年十一月十一日　初版第一刷発行

発行人　菅原朝也
発行所　株式会社 小学館
〒一〇一-八〇〇一
東京都千代田区一ツ橋二-三-一
電話　編集〇三-三二三〇-五九五九
販売〇三-五二八一-三五五五
印刷所――中央精版印刷株式会社

この文庫の詳しい内容はインターネットで24時間ご覧になれます。
小学館公式ホームページ　http://www.shogakukan.co.jp

ISBN978-4-09-406232-8